空氣搖滾

王宇清◎著
陳沛珛◎圖

名家推薦

馮季眉：（國語日報社社長）

四個喜愛搖滾樂的青少年，自成一個小團體。然而，四人之間的默契和友誼，卻因為追求上台表演的夢想而變調。

認真團練的小威最終發現，校慶晚會成功的舞臺演出，其實是用許多「包裝」與「偽裝」營造出來的，這不是他追求的「搖滾精神」。品嘗了現實的苦澀之後，小威找到了值得追尋的方向。

挫折往往帶來成長，這個故事就是最好的印證。

蕭蕭：（評論家）

「空氣樂團」，原是指沒有樂器可以演奏，只隨著音樂在空氣中比畫的樂團，一群少年從這樣的模仿開始實踐他們的理想，這是一部勵志型的小說，在豐富的音樂知識下引導讀者逐漸認識搖滾，逐漸看見朋友相知相惜的熱誠，當然也看見人性的卑劣，偶像塑造的假象，最終引導到真正樂團——「Air（空氣）樂團」的成立，象徵著音樂的重要就像空氣一樣不可或缺，也呼應著最初的熱愛，沒有樂器，仍然在空氣中比畫的那份真。

朱曙明：（九歌兒童劇團團長）

角色描繪既鮮活又逗趣，空氣樂團的概念新奇好玩。故事貼近現實生活，鼓舞著讀者為自己的理念奮勇向前，社會上雖有貧富，但只是物質生活上的差距，絕對無損於人的價值與對信念的堅持。

目錄

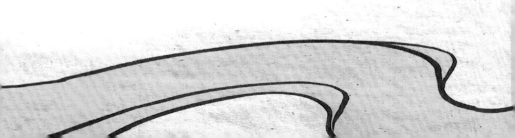

當你期待有個人與你同台表演
你不知道，那個人就是你自己嗎？
嘿！朱利安（Jude）你辦得到
下一步該怎麼做，全看你自己

別洩氣　找一首哀傷的歌　把它唱得快樂
並記得讓它進入你心靈深處　世界，將會隨之好轉

~摘譯自Hey Jude歌詞／保羅．麥卡尼（披頭四）原作

1. 空氣樂團*

「音量關小聲一點！我已經在樓下喊你們老半天了，你們都沒聽見啊？吵到鄰居啦！」

小威的房門突然打開，接著出現媽媽生氣的臉孔和嗓音。

「對不起！我們會馬上關小聲。」小威和同學們手忙腳亂地站好，第一時間把音量轉小，巨大的聲浪瞬間止息。

他們慌張狼狽的模樣，看在小威媽媽眼裡，不禁也好笑起來，臉上的嚴肅一下子軟化下來。

「下次再這樣，我就叫警察來處理囉！」

「沒有下一次了！」ＪＪ和排骨異口同聲，還大大地鞠了個躬，逗得小威媽媽笑著搖頭，關上房門下樓去了。

其實這也不是第一次了。剛開始他們會互相提醒注意音量，可是一旦進入搖滾樂的世界，總會忘情地將音樂愈轉愈大聲，引來鄰居的抗議和媽媽的警告。

不過，他們都知道，且心懷感謝——儘管口吻嚴厲，但小威媽媽對他們相當寬容，實際上從來沒有真正處罰過他們。

唉，誰教音樂的世界如此迷人呢？

每個星期六下午，是「空氣樂團」聚會的時刻，成員包括小威、大東、排骨和ＪＪ。他們是同班同學，在班級部落格上因為討論音樂而逐漸熟絡，成了好朋友；共同的興趣就是相互分享好聽的音樂，尤其是搖滾樂團的音樂。

剛開始，他們只是聚在一起交流各自喜歡的音樂和樂團訊息，大家擠在小威的小房間裡，用陽春的小音響聽音樂，跟著節奏哼哼唱唱，吃吃點心，輕鬆愉快。

有天，小威突然情不自禁地站了起來，隨手拿起放在房間角落的魔術拖把，跟著電吉他的獨奏恣意搖擺，彷彿自己正是狂飆彈奏的吉他手。

大東看了，也受到感召，跟著鼓聲的節奏，坐在椅子上渾身是勁的「打起鼓」來。

「你們兩個，很好笑耶！」

看到小威和大東陶醉的模樣，排骨和ＪＪ忍不住嘲笑。

不過，小威全神投入在音樂的世界裡面，大東顯然也渾然忘我，對排骨和ＪＪ的話置若罔聞。

原本笑個不停的排骨和ＪＪ，似乎被他倆如痴如醉的神態牽動了，禁不住大喊：

「好啊！要玩隱形的樂團，我也會！」

「你們一個是吉他手、一個是鼓手，那我來當貝斯手好了！」*ＪＪ說完，隨手拿了一根長尺，撥動旋律。

「那我要當主奏吉他手，專門SOLO！」排骨受到刺激，也認真起來。

就這樣，事情的開端毫無徵兆，然而一切是如此美好！彷彿音樂正從自己的手、自己的身體、自己的心裡源源不絕地流淌出來，這小小的房間裡共鳴著前所未有的澎湃激昂。

「空氣樂團」就這樣誕生了——意思是，沒有真正的樂器，隨著音樂在空氣中比劃動作的樂團。

即便如此，在他們心中這是一個最棒的樂團，他們感覺自己就像世界上最知名的樂團一樣偉大。

當樂曲激昂高亢，他們也跟著狂放擺動；當樂曲抒情緩和，他們就跟

BLUR

著蹙眉沉醉。

或許有些瘋狂，但他們已經習慣一起「演奏」，雖然屢屢遭到鄰居的投訴和小威媽媽的「臨檢」，他們仍是樂此不疲；氣得小威媽媽揚言要把手提音響沒收，不准他們在家裡聚會。

漸漸地，他們除了聽音樂，也開始收集和樂團相關的漫畫書、雜誌，還上網找了不少樂團表演的片段影片一起研究演奏的方式。

星期六下午的時光，好像被音樂濃縮了！總是讓人一飲即盡後，悵然若失。

「噢，怎麼又要吃晚餐了，真想再多待一下呀。」ＪＪ說。

「對啊，總覺得一個禮拜上課時間好長，星期六要等很久才會到。」大東滿嘴餅乾，圓肚子上的餅乾屑隨著說話聲跳動著。

啪！小威突然從地板上倏地坐起，用力拍了一下手。

「哇！小威你幹嘛！」其他人被小威突如其來的舉動嚇了一大跳，紛紛出聲抗議。

「我們來組個真正的樂團，用真正的樂器演奏，你們覺得怎麼樣？」

「超酷！」大東聽了連忙從沙發上彈坐起來，衣服上的餅乾屑掉了一地。

JJ和排骨兩人面面相覷。

「可是我們又不會樂器。」

「而且樂器很貴，我們買不起啦。」

原本興致高昂的小威和大東，聽到這兩句話，彷彿被針刺的汽球，一下子氣洩光了。

「我也知道啊⋯⋯」小威低著頭，喃喃自語，「可是，總覺得有點不滿足。」

「哎喲，別想太多，我們這樣也很過癮啊！」排骨說。

「啊！對了。我哥昨天剛買了『搖滾樂團』的電動遊戲片，我下禮拜帶過來，一定很有趣，跟真的也差不多啦。」

「好耶！」大東首先叫好。

「可是你哥有點小氣，你得要想點辦法。」ＪＪ說。

「……安，安啦！」排骨先是遲疑了一下，接著又說，「我會搞定的。」

「他最近要準備考試，我老媽盯他盯得很緊，一定沒問題的。」排骨越說越得意。

「喂，小威，你聽了還不高興嗎？」ＪＪ看小威仍然一臉失落，「別這樣，『搖滾樂團』很有名耶，超好玩的，而且很難買到哩！熱血喔！」

看見大家賣力安慰他，小威心裡也有些過意不去，連忙擠出笑容：

「哇！超棒的，我要當節奏吉他手*，你們可別跟我搶喔！」

「嘿，臭美，我是主奏吉他手，才不會跟你搶！你別來跟我搶就好囉！」排骨說。

「我是鼓手！」大東大聲插嘴。

「我是BASS手！」ＪＪ也跟著說。

「哈！我們在幹什麼呀？就跟平常的空氣樂團一樣呀，根本不需要搶別人的樂器呀！」小威一邊打趣，一邊努力對心中的失落視而不見。

「對耶，我們在幹嘛？哈哈哈哈～」其他人聽了，也跟著大笑起來。

又是一個愉快的下午，歡樂的樂團時光。

當天晚上，小威失眠了。

不知怎麼的，想要一把吉他，而且是搖滾樂團用的「電吉他」這個慾望瘋狂的進駐他的腦海。儘管事實上，他根本不知道電吉他和一般的民謠木吉他構造上到底有多大差別，但是「電」吉他，聽起來就很酷，造型也帥氣，至少雜誌和影片上是如此；而且比起木吉他柔和清亮的聲音，電吉他較為猛烈有爆發力。

應該是這樣吧！小威憑著自己聽音樂的經驗，一遍又一遍揣想電吉他握在手中的手感，但說實在也沒把握。

「媽媽，我可以買一把電吉他嗎？」這句話盤旋在小威的心裡，而眼前卻浮現媽媽佝僂著身子在市場擺攤的身影。媽媽每天從市場回來後還要忙一堆事情，儘管賺錢很辛苦，平常也讓自己衣食無缺；但要買電吉他這麼昂貴的物品，讓小威怎麼也不忍心說出口。

「或者我去打工賺零用錢！不知道這樣媽媽會不會答應？」小威不斷苦思可行的方法。

「不過，媽媽一定不答應……」苦惱啊。

唉，不想了。他舉起雙手，對著黑黑的天花板，開始彈奏起他想像的電吉他……

激越的樂聲響起，聚光燈亮得讓小威睜不開眼睛，也看不清楚台下觀眾的臉孔。但是他們正以吶喊聲熱情地回應著小威的吉他。

在滾滾聲浪之中，小威沉沉睡著了。

2. 樂團召集令

寄件人：李傑西 JesseLee2011@gmail.com

收件人：立行國中全體一年級同學

日期：2011年5月30日下午9:30

主旨：李傑西樂團召集令

誠徵樂團樂手，無經驗可，樂器無須自備！

你有玩樂團的熱情嗎？想要上台展現你的魅力嗎？想要跟知名校園偶像李傑西一起表演嗎？這是一個免費的絕佳好機會，趕快行動喔！

甄選時間：2011年6月10日下午兩點
甄選地點：XX市XX路XX號
敬請準時到場！

李傑西

李傑西？一年六班的那個「大明星」李傑西？他怎麼會想到要組樂團呢？

儘管浮現許多疑惑，但小威的心早已向著這乍現的契機疾馳狂奔，撲通撲通猛跳起來。

「樂團耶⋯⋯」小威喃喃自語，「有機會玩樂團耶⋯⋯」

叮咚！門鈴聲讓漫遊在幻想中的小威回到了星期六午後。

一定是其他人已經到了！不知道他們有沒有收到一樣的信件？

「小威，大東他們來啦！」媽媽中氣十足的聲音從樓下傳來。

小威正要回應，卻已聽到一陣乒乒乓乓的腳步聲拾級而上，瞬間來到門口，接著，門砰一聲開了。

「小威，小威！你有收到嗎？那封……」開門的排骨話還沒講完，便硬生生被後面壯碩的大東擠開；大東那顆又大又圓的腦袋探進門裡，憨憨的小眼睛一看到小威登時亮了起來。

「嗯，收到了。看樣子，你們也都收到那封E-MAIL了！」小威朝大東咧嘴一笑，回應了他發送的訊號。

「是啊，我們都有收到。應該是李傑西發給全年級同學的吧！」ＪＪ臉上彷彿打了光，眼裡閃動著夢幻的光彩。「哇塞！李傑西耶，超帥的！他之前演的偶像劇，我和我姊每天都有看喔！」

「我也是！」大東、排骨也跟著附和；接著，三個人你一言我一語，熱烈地討論起偶像劇的劇情來。

「李傑西也不過是客串的配角而已啊。」不知怎麼的，小威心底竄起一股酸，對三個人的表現頗不以為然。

「不會吧？你沒看嗎？李傑西演主角的弟弟，戲份很重耶。他只是因為年紀小才演配角，可是娛樂新聞都說他未來會是偶像劇的天王耶！」ＪＪ激動地抗辯。

小威哪裡不知道？他也是忠實觀眾，李傑西飾演的角色，實在搶眼！他的演技從童星時代就相當受肯定，以前還被封為「天才童星」呢！只是，崇拜同年齡的男同學，感覺就是不對勁。又不是班上那些花痴女同學，只會看帥哥，自己是很用心在欣賞戲劇的，兩者「層次」可大不相同。

「你別說你沒看喔，我不信，」排骨促狹地一面指著小威，一面邪惡地笑著。「我上次來你房間，打開電視就正好是那個頻道，呵呵呵。」

「我又沒說我沒看。對了，今天不是要玩『搖滾樂團』嗎？」

小威沒好氣的瞪了排骨一眼，連忙岔開話題。

「對耶，差點忘記。」排骨連忙把雙肩背包放下，神祕兮兮地打開，從裡面拿出一張遊戲片。

「鏘鏘鏘鏘～」瞇著眼睛，排骨以誇張的慢動作展示遊戲片，看起來實在很搞笑，真不知道他是想低調還是想高調。

「搖～滾～樂～……」

正當排骨兀自耍寶的時候，ＪＪ一把從他手中奪過片子。「賣什麼關子呀！時間不多啊！還不快把主機也拿出來！」

接下來的一個多小時，空氣樂團的成員們在電玩的異次元世界中和搖滾樂廝磨。

遊戲相當好玩，和平常演奏空氣樂器的感覺很不一樣。

只是，跟著畫面的提示，在正確的時間，按下正確對應的按鈕，以便奏出正確的音樂，對於向來不擅長玩電動玩具的小威來說，實在不容易。

「彈奏真正的樂器，會比電動玩具更困難嗎？」小威心裡不禁有點擔心。

除此之外，剛剛那個因離題而被他終止的話題更讓小威無法專心。

「嗚～彈錯了！曲子聽起來歪七扭八！」

「大東，你拍子打穩一點好嗎？都影響到我了！」

「你自己還不是一直彈錯！」

「你們有沒有興趣參加李傑西的樂團甄選呀？」

正當其餘三人玩得火熱沸騰時，小威輕輕的一問卻凌駕了電玩喧鬧的聲音，空氣頓時凝結。

電視機頻頻發出「彈錯、彈錯」的警告聲，背景中也不斷傳出台下觀眾的噓聲。

「我問你們有沒有興趣參加李傑西的樂團甄選？」小威提高聲音，又

重複了一次。

「啊，嗯，耶～」ＪＪ頓時得了失語症，說不出話來。

「這……」排骨也當機了。

「……我想去。」大東遲疑了一會兒，給出答案。

「你不是也想玩樂團嗎，小威？」大東看著小威，「趁這個機會去試試也不錯。」

「我也這麼認為！」小威像打了強心劑，渴望再也掩藏不住，「而且ＪＪ和排骨擔心的樂器和經驗的問題，也一併解決了。」

「只是，這個條件好像太鬆了，不知道到時候要怎麼挑人？」其實，小威從看見那封E-MAIL起就躍躍欲試，可是想到自己除了學校的音樂課以外，已經好久都沒碰過樂器了，加上……樂團的主角是李傑西，自己那麼窮酸，自尊心更放不下。

「說得也是！」一向對玩「真實」樂團持反對意見的排骨，這次竟然大聲贊成。「哇，如果我能跟李傑西一起上台表演，那一定迷死很多人了！」

「我只想迷倒女生，男生就不必了！」ＪＪ接腔，手上還做出彈貝斯的動作，「我如果上台，一定帥到不行。」

「你少臭美！我鐵定比你帥！」ＪＪ和排骨又鬥起嘴來，兩人為了誰比較帥的問題，爭得面紅耳赤。

「小威，你在想什麼？」一向最了解小威的大東，見了小威若有所思的模樣，忍不住關心。「反正去試一試，沒有關係，我們又不是去求人家，就當成一個摸摸真正樂器的機會嘛！」

大東的話切中了小威的心事，大東平時看起來雖然憨直，但其實有種單純又敏銳的直覺。

「也是。」小威努力讓自己振作，「那，我們一起去參加甄選吧！目標是，我們四個全被選上！」

「歐耶！」ＪＪ和排骨前一刻還扭在一起，下一秒卻異口同聲，相互擊掌。

「不過，要是有人沒被選上怎麼辦？」排骨突然問。

「那當然是全部退出啦！這是空氣樂團的義氣！」ＪＪ拍了排骨一下，顯然覺得排骨的問題「很不上道」。

「別想那麼多啦，就去玩一玩免費的樂器也值回票價！」大東說。

「好！就這樣決定了！」

「那，我們也多少練習一下好了。」不知怎麼的，小威頓時灌飽了衝勁。「可是，用『搖滾樂團』來練習，好像比『空氣樂團』還沒有感覺耶。」

「我也覺得是這樣。」大東贊同。

「我也有同感。」ＪＪ也附議。

好不容易才跟哥哥交換條件借到遊戲片和主機，又辛苦背了一堆裝備來這裡的排骨，聽到大家對遊戲的負面評價，心裡有些不是滋味。

「嗯……」排骨低著頭「嗯」了好長一聲。

在其餘三人滿懷不安地等候三秒後，排骨抬起頭，聳聳肩：「我其實也覺得。」

「哈哈哈，我還以為你生氣了，本來還很愧疚哩！」ＪＪ伸手勾住排骨的脖子，像對小狗般的猛搓他的頭。

「排骨，不好意思啦，讓你麻煩了。這遊戲是真的好玩，可是好像只有手指在運動。」小威搔著頭，難為情地說。

「那……」排骨瞇著眼睛望著小威，「我要吃一大碗冰淇淋。」

「沒問題！樓下冰箱有一大盒，隨你吃！」

熱血沸騰的音樂再度從破舊的手提音響奔流而出。四個搖滾樂手與音樂融合為一，動作狂放有力，迸發出無比的熱力。

或許因為氣氛太過熱烈，桌上只挖了一口的冰淇淋，一下子就全部融化了。而四個搖滾樂手，一點也沒察覺。

3. 傑西的家

樂團甄選的日子，一下子就到了。

空氣樂團的成員們，各自依循著電子郵件上的指示，來到一棟大別墅前集合。

排骨和ＪＪ兩人顯然「有備而來」。

ＪＪ穿著極度合身的襯衫加窄版西裝外套，一條細長筆挺的領帶，還配上超緊身的紅色褲子，十分醒目。

排骨也不遑多讓，頭上抹了厚重的髮雕，弄出有著大斜角的瀏海，手上戴了好幾個皮革手環和造型誇張的戒指，腳上一雙搶眼的紫色靴子，從頭到腳都讓人咋舌。

「哇塞，你們兩個是怎樣啊？去哪裡弄來這身行頭？會不會太誇張了？」大東湊上前，一陣左瞧右瞧、東摸西摸，不斷嘖嘖稱奇。

「是我姐姐幫我弄的啦！她說樂手就屬英倫搖滾樂手最斯文有氣質又帥氣，就幫我弄成這樣了。」雖然造型帥氣有型，但ＪＪ自己顯然也不是很自在。

「我的行頭是自己亂拼湊的，還不錯吧！」排骨自戀地摸摸劉海，忙著解釋，「因為聽ＪＪ說他姐要幫他打點造型，害我也認真起來，翻遍了

我老爸和老哥的舊行頭……」

「唉呀，跟你們一比，我和大東簡直一整個沒型。」小威看看自己寬鬆的T恤和洗到泛白的牛仔褲，啞然失笑，「不過，搖滾樂手不只是重造型，音樂和態度才是重點吧。」

大東在一旁點頭如搗蒜。

「也是啦。」JJ和排骨倒也爽快認同。「反正，趁機會讓自己帥氣騷包一下嘛！」

他們兩人平常在班上就常常自封為花美男二人組，所以這樣的舉動也沒有讓小威和大東感到太意外。

「話說回來，這間豪宅就是李傑西他們家嗎？未免也太大間了吧！」排骨首先發出驚嘆。

「正確的說法是——他們家其中一棟別墅。」JJ抱著胸，老神在在地補充道。向來對八卦消息瞭如指掌的他，顯然這一陣子做足了功課。

「他們家在全省各處、美國、加拿大、紐西蘭、大陸好像都有房子。他爸爸是房地產大亨。」

「你去哪裡聽來這些消息的啊？」大東問。

「報紙、雜誌，還有其他可靠的消息來源囉。」JJ噘著嘴，得意洋洋，一副「傑西達人」的神氣。

他們四人來得比較早，聊天的同時，其他參加甄選的人也陸續來了，別墅前漸漸冒出了一小撮、一小撮聚集的人群。

應該都是同校的同學吧，小威看到不少似曾相識的面孔。

「啊，抓龐克頭那個好像是六班的同學。」「那個是二班的。」「那個穿皮夾克的是隔壁班的。」JJ如數家珍，現場好像沒有他不認識的。

「哇！有不少女生耶！」這一聲低呼，惹來小威的白眼。

「女生？大概有不少是李傑西的粉絲吧？」看見許多女生臉上洋溢著仰慕與期待，「或許她們主要的目的不是甄選，只是想趁機親近偶像而己。」小威如是揣測。

然而，最讓小威在意的是，有不少同學自備樂器前來。有人帶了長笛、小喇叭，甚至還有大提琴；更別說木吉他了，至少有三把。

那股滋味不知是羨慕、擔心還是自卑自憐，小威的心頓時涼了半截。

「哇！一班的許名揚也來了，他可是從幼稚園就學鋼琴的高手耶，他穩上的啦！」ＪＪ的音調激動得都破音了。

「喂，那是八班的田羽甄，她參加大提琴比賽得過獎耶！」不必ＪＪ報導，小威早就聽說過八班田羽甄的氣質出眾，今天一看，果真名不虛傳；加上她旁邊矗立的巨大提琴盒，同時散發魄力與魅力，小威覺得田羽甄必定會被選上。

緊張的感覺像是一群螞蟻爬上小威的背，讓他坐立難安。他還注意到，大部分來參加甄選的同學，或多或少打扮過；有些跟ＪＪ和排骨一樣，打扮得很用心，當然，也可以說是誇張。自己彷彿手無寸鐵就魯莽上戰場的士兵一樣，毫無勝算。

「大東，看來我們兩個可能真的太樸素囉！」小威對著大東苦笑。

「沒關係的啦，這又不一定。」大東憨厚自在的笑容稍稍穩定了小威的心。

就在聚集的人群開始因等待而起了微微的騷動時，傑西家的電動大門無預警地開啟了，像舞台上緩緩拉開的序幕，現場跟著肅靜下來。一位身著黑色西裝，臉上蓄著小八字鬍的中年大叔，出現在大家面前。

「各位前來參加樂團甄選的同學，請隨我來。」中年男人的口氣高傲、神態冷淡，讓小威更緊張了。

「至於不是來參加甄選，而另有目的的同學，請打消念頭，這裡謝絕參觀，請大家配合。」中年大叔用冷峻的眼光掃射現場的所有人，威力足

以讓人嚇得想打退堂鼓。

「噢，討厭。」「擺什麼臭架子嘛！」人群中有人發牢騷、抱怨，也有些沒料到被抓包，羞得掉頭就走；更叫人吃驚的是，竟然有人當場哭了起來。

「哇，我也想要有粉絲……」排骨羨慕地說。

「我也是……」ＪＪ也看傻了眼。

「實在太誇張了。」小威再次露出不以為然的表情。

「走吧！該進去了。」大東催促著，對這位大叔和現場狀況不以為意。

中年大叔領著同學們穿過整理得如詩如畫的草坪、庭園，還繞過了一座雅緻的噴泉池。大家邊走邊看，像劉姥姥進大觀園般，看得瞠目結舌，驚歎不已，彷彿造訪一座美輪美奐的度假莊園，暫時忘了甄選的緊張。

接著，他們通過一道長廊，進了房子。

不用說，房子裡的設備也同樣令他們大開眼界。與建築物的歐式外觀殊異，房子裡的裝潢全是現代化的極簡風格，優雅簡潔。有些新奇的設計讓人忍不住想摸一摸一探究竟。

「不好意思，請各位同學直接前往練團室*，不要觸摸任何物品。」似乎是聽到了身後有動靜，中年大叔停下腳步，回過頭來，出聲警告。大家此刻才從參觀豪宅的驚豔中清醒過來，紛紛收起如夢似幻的陶醉，乖乖列隊前進。

「各位，練團室已經到了。」中年大叔再次停下腳步，轉身宣佈。

到了。

終於到啦！

小威體內那一個屬於搖滾樂的狂放的自己，正激動吶喊。

4. 偶像傑西

門開了，所有人魚貫而入。小威稍微數了數，參加的人大概有十來位，說多不多，說少也不少。看來李傑西應該是針對同年級的學生發通知的；若是全校都收到訊息，鐵定不會只有這些人。

自己到底有多少勝算？

「歡迎各位。我是傑西。」一個充滿魅力的嗓音響起。

「我們知道，你不用自我介紹啦！」突如其來的回應，引起了一陣哄堂大笑。

小威這才回過神來。由於個子不高，所以他稍微踮了一下腳尖，看見李傑西就坐在練團室的正中央，風度翩翩，神采飛揚。

說實在的，本人看起來比電視上還要帥。小威雖不想承認，但這個想法就直接反射在腦海裡。

李傑西因為要拍戲，所以經常請假。即使有到學校上課，小威也沒刻意去留意。又或者說，刻意不去注意李傑西。

李傑西站起身來。一條經典款的牛仔褲和合身的T恤，簡單俐落，卻讓所有的人都相形失色。

「今天最主要的目的，是要選出下學期創校五十周年校慶晚會表演的成員。」傑西臉上仍舊掛著迷人的微笑。「通過甄選的人，將與我一起以樂團的形式在晚會上表演。」

「好耶！」現場響起一陣驚喜的呼聲。

「可是，來得及嗎？」一個戴著眼鏡，瘦瘦高高的男生問。「我沒有演奏樂器的經驗，從現在開始，到晚會的那一天，來得及練習嗎？」

傑西聽了露齒而笑。

「沒有問題的，請大家不用擔心。我們有專業的音樂老師會指導大家。而且大家才國一，壓力不用太大。」

李傑西的回答同時也讓小威鬆了一口氣，那塊堅硬如冰的憂慮，稍微融化了一角。

「由於時間比較緊迫，我等一下還要去上通告，所以我們把握時間開始甄選吧！」

小威並沒有專心聽李傑西之後的解說。得到李傑西的保證之後，小威緊繃的神經得以稍加舒緩，這也才有了心思去注意練團室裡的其他擺設，此時，他的注意力早已飛到一旁的樂器上了。尤其是架在舞台右方地上的夕陽漸層色電吉他，讓他先是忘了呼吸，接著一顆心狂烈地怦怦猛跳。

「喂！小威！你在發什麼呆啊！快要開始了耶！」ＪＪ用手肘頂了小威一下，小威愣了片刻，才從舞台上那一抹橘紅火焰中回過神來。

「請各位同學依序抽取號碼牌，依照號碼上台試演。」中年大叔的聲音從後方傳來，大家才發覺原來他一直站在房間後面。

「等一等！」小威不知道哪裡來的勇氣，突然喊出聲，連他自己都嚇了一跳。

「怎麼了，有什麼問題嗎？」中年大叔挑眉，睨著小威。

「我……我們可以四個人一起上台嗎？我們是同班同學。」

「這……？」中年大叔皺起眉頭，並將眼光望向傑西。

「喔？」傑西似乎有點訝異，可能在他們這個年紀，玩過熱門樂器的人應該不多，組過樂團的更是少見。

「你們四位是同一個樂團的嗎？」傑西問。

「呃……」

這一問，倒讓小威心虛起來。

「我們是同一團，但我們沒有玩過樂器……」

「不好意思，我聽不太懂你的意思。」傑西微笑中帶著疑惑。

「我們玩的是空氣樂團，沒有真的樂器，不過也有用『搖滾樂團』練習過。」正當小威不知所措之際，大東明快地代他回答了。

「哇哈哈哈！」現場先是一愣，接著有幾位甄選者發出爆笑，彷彿大東講的是一個天大的笑話。

「『搖滾樂團』？不是電動玩具嗎？」這下笑聲傳播開來了，鋼琴高手許名揚也在其中。顯然學過一些樂器的同學，對他們「空氣樂團」十分不以為然。

「那又怎麼樣！我們很有搖滾的『態度』，你們有嗎？」ＪＪ和排骨擠到前頭，凜凜的氣魄與狠勁，嚇得所有人連忙噤聲。

「喂！你們兩個，別鬧事！」中年大叔出聲警告。

「說得好！」傑西向中年大叔揮手示意，要他先別介入。「『態度』非常重要！」

「既然如此，那四位同學就一組吧，以你們最自在的方式表現。」傑西看著他們四人，「不過，我還是要說在前頭，為了公平起見，你們有可能不會全部錄取。」

傑西說話的語氣和神態，十足大人模樣，處理問題不慍不火，比起自己真是世故沉穩許多。小威心想，或許是因為演藝生活需要經常接觸形形色色的環境和人群，才讓傑西超齡成熟吧。相較之下，自己實在像個孩子般幼稚。小威此時也不禁佩服起傑西來。

「這樣很公平。」小威也試著讓自己成熟理性一些。「謝謝你的通融，我們會努力把握機會，也請大家多多見諒。」

其他同學倒是沒有再提出異議。或許是礙於傑西的面子，也或許是因為「空氣樂團」和「電玩樂團」實在太搞笑了，其他人全然不放在眼裡。

「我們要加油！」小威、大東、ＪＪ和排骨四人相互搭肩，圍繞成一圈，為彼此加油打氣。

他們決定由小威代表抽上台序號。

抽籤時，小威發現自己的手竟無法克制地微微發抖。

「別怕，反正是李傑西自己說無經驗也可以參加的。拼了！我一定要彈電吉他！」小威的腦子像被炸彈轟炸過，亂哄哄一片，但心底的那一股渴望仍不肯屈服，拚命抓緊任何一絲希望為自我打氣。

「九號！」

「耶！最後一號！還好不是第一個上台！」ＪＪ看到結果，開心得不得了。

「可是，那樣一來，我們不就變成壓軸了嗎？」小威的臉色刷的一聲變成慘白，一臉世界末日的絕望。

直到一隻溫暖厚實的手掌拍拍他的肩膀。

「小威啊，你最近情緒起伏很大耶，怎麼搞的，就跟你說當成來開開眼界的呀！」大東安撫著小威，像一座厚實可靠的堡壘。

小威難為情地聳聳肩，囁嚅著：「抱歉……我也不知道怎麼了，一整個認真起來。」

「沒關係，拼了啦！不會輸的！一定全團一起錄取的！」排骨倒是鬥志高昂——果然是少根筋的樂天派。

事情已成定局，就隨遇而安，接受挑戰吧！畢竟，我們有四個同進退的好伙伴，不成功，也是一次寶貴的經驗！看著自己的同伴，小威豁然開朗。

「OK，那我們就正式開始樂團的甄選吧！」傑西宣佈。

5. 甄選開始！

甄選正式開始了。

果然，不少人實力堅強，來勢洶洶。

一號是七班的陳育賢，自己帶著木吉他。

他表演的是自彈自唱，雖然是一首較簡單的流行歌曲，但他偏中性的嗓音十分討喜，演出完整，帶給人寧靜、安心的感受。小威注意到李傑西和中年大叔在一旁交頭接耳，頻頻點頭，彷彿相當欣賞陳育賢的演出。小威不自覺地吞了一大口口水。

接著二號就是大提琴美少女田羽甄。只見田羽甄不疾不徐，從容地走上台，將大提琴從琴盒中取出，向全場優雅地點頭行禮。

當田羽甄拉動琴弓，大提琴古樸高貴的音色，從透著赭紅色木紋

的琴身流瀉出來時，整個練團室彷彿化成天堂，迴盪著悠揚的天籟之音。所有人都看傻了眼，聽呆了耳朵。

李傑西和中年大叔又是一陣低聲討論，這次更是帶著熱絡的微笑。鐵定是錄取了！唉！少了一個名額了！小威心頭緊緊縮了一下。

接下來上台的是九班的吳弘億。唱名了幾次，他才抱著自己的吉他，遲疑地走向舞台。才走到一半，就突然面紅耳赤，對著台下，吞吞吐吐：

「我……我棄權……。」

「你確定嗎？試試看，沒關係的！」李傑西試著安撫吳宏億。

「不……不必了，我……我要回家了。」話說完，吳宏億抓著吉他，頭也不回地跑出門外。

中年大叔見狀，馬上追了出去，大概怕他會迷路吧。

「我們先暫停一下好了。」李傑西說，「各位不要太緊張，得失心不必太重，我和經紀人會有我們自己的判斷。請不要輕言放棄。」

經紀人？莫非那個中年大叔就是傑西的經紀人。說實在的，小威雖然一天到晚在報紙的娛樂新聞上看到「經紀人」三個字，但卻一點也不了解「經紀人」究竟是做什麼的。

「不過，」李傑西接著說，「如果各位覺得自己不合適，想要退出，也是沒有關係的，不用勉強，可以自行離開。」

「出了練團室，請循著天花板亮著的燈光，就可以找到出口了。」

這時候，中年大叔已經回到練團室內，悄悄走到傑西身邊。

「那我們繼續進行吧！」傑西說。

下一位是「鋼琴王子」許名揚。果不其然，許名揚的鋼琴底子深厚，只見他的雙手在琴鍵上飛舞著，奏出快速連綴的華麗音符。

「啪啪啪啪……」當許名揚雙手離開琴鍵的那一剎那，李傑西第一個給予熱烈的掌聲，其他人也跟著鼓起掌來。小威看得目瞪口呆，雙手也跟著拍個不停。

「太棒了！」李傑西稱讚著，「請問你除了鋼琴以外，彈過電子鍵盤嗎？」

只見許名揚臉上盡是掩不住的得意，「我沒有試過，但我想以我的鋼琴底子，應該很快就可以上手。」

「ＯＫ。」李傑西說。這個ＯＫ，也代表了許名揚應該是確定的人選了，小威心裡的的樂團名額又被劃掉一個。

「一個樂團，頂多五、六個人就算多了，不知道李傑西打算錄取多少人呢？」

「如果錄取五個，那麼扣掉傑西本人、田羽甄和許名揚，不就只剩下兩個名額嗎？」小威低聲和其他夥伴討論。

「還有好幾個人沒上台耶……」排骨點了點現場人數，「喔喔，情況不妙。」

「請問要錄取幾個人？」大東突然舉手發問，讓大家都嚇了一跳，先是看了大東一眼，隨即又將目光轉向傑西。

傑西向大東頷首示意，露出一個微笑。

「哈哈，不好意思，忘了向各位說明。基本上，沒有固定的數量，但可能在四個人以內……」傑西停頓了一下，「如果某些位置找不到合適的人選，也可能不足額錄取。」

「啊？」大家聽了都頗為吃驚，因為沒有人想到可能出現不足額錄取的狀況。

「那……不好意思，我……我也想退出。」

「我……我也是。」

「我沒把握，還是放棄好了。」

傑西的話帶來了一定的殺傷力，也或許是田羽甄和許名揚的演出過於

超水準，陳育賢的自彈自唱也頗出色，加上名額不多，誰也沒有把握能夠與他們三人競爭，棄權之聲此起彼落。

幾個人同時棄權離開了，房間一下空了起來。

「喔，沒想到這麼多人放棄，傷腦筋呀！」傑西嘴巴上雖然這麼說著，卻好像並不是十分在意。

「那，接下來，只剩下四個人的『空氣樂團』囉？」

「什……什麼！」

小威、排骨和ＪＪ，一直緊盯著離去的參賽者，心裡猶豫著是不是也要跟著退出，竟然忘了注意留下來的人數。

這時候如果退出，好像有點尷尬，而且挺沒有面子的。可是李傑西、陳育賢、田羽甄、許名揚這些高手都會看著自己這群毫無實戰經驗的菜鳥表演，簡直更令人難堪。

「怎麼辦？要不要棄權啊？」ＪＪ低聲問。

「對啊，怎麼會變成這種局面？」排骨的聲音透著極度的焦慮。

「反正我們同進退，有什麼好怕的？」大東倒成了他們之中最鎮靜的。

「同進退⋯⋯」小威反覆唸著這三個字。「大東說得對，我們同進退，因為我們本來就是一個樂團，沒什麼好怕的。」

「說得對！拼了！」排骨受到激勵，一下子又鬥志高昂，決定繼續參加。

「拼了！」ＪＪ也恢復了魄力。

四個人相互打氣之後，依序上台。

「請問，練團室裡面有播放音樂的裝置嗎？」小威問李傑西。

「當然有。用ＣＤ還是ＭＰ３？」李傑西問。

小威從包包裡拿出他們平常最常聽、也最喜歡的ＣＤ，交給李傑西。

「麻煩你，播放第四首曲子。」

「好的。」傑西將CD轉遞給經紀人，經紀人隨即將CD放到播放器中。

小威四個人手忙腳亂地各就各位。

小威拿起他一直緊盯的夕陽色電吉他。

「哇！好沉！」沒想到電吉他竟然這麼有份量，他著實嚇了一跳。

小威故作鎮定，將吉他背帶背上。那沉甸甸的重量壓在肩膀上，心裡有著無可名狀的滿足與興奮。

他用手指細細撫摸琴身，這把琴真是美極了。

這時候，JJ和排骨也各自將樂器背上。事實上，JJ並不知道貝斯和電吉他主要的差別在哪裡，但他看過電影《海角七號》，所以挑了一把只有四條弦的。

「這應該是貝斯沒錯吧？」JJ自語。

「好重！」「怎麼這麼重啊？」ＪＪ和排骨相互對視，面露苦色。

大東倒是頗自在，因為他早就站得腳瘦，爵士鼓的椅子讓他坐得很舒適。他坐在椅子上，好奇地東摸摸、西碰碰，弄出不少聲響。

「準備好了就說一聲，我開始播放音樂。」經紀人說。

小威深深吸了一口氣。ＪＪ和排骨看了也跟著吸了一口氣。

「接下來，會怎麼樣呢？」小威想。

「就像平常一樣，跟著音樂就好了。」小威轉頭，對著其他三人說。

「嗯，像平常一樣。」

「像平常一樣。」大家有默契地相互點頭微笑，此時此刻小威覺得自己不再緊張害怕了。

小威朝著傑西的經紀人微微點頭：「我們準備好了，請幫我們播放，音量請盡可能大聲一些。」

當音樂聲響起，「空氣樂團」就完全進入狀況，搖滾樂的世界，就是他們的世界。

由於這首曲子他們已經對著空氣「練習」過不下千百回，即使他們手上現在正拿著從未碰觸過的真正樂器，他們一如反射動作一樣開始「演奏」起來。

「噗！」台下有人發出譏諷的笑聲，不過台上的四個樂手耳中只有音樂。

對他們來說，這音樂就是他們所演奏出來的。音樂正沸騰，他們的手指、身體的恣意卻合於節奏的擺動；又或者他們肢體的律動，也就是音樂本身。

「把四周燈光關小，加一些舞台燈給他們。」傑西悄聲吩咐經紀人。

經紀人熟練地將四周的燈光轉暗，並向舞台投射了一些聚光燈和舞臺燈。氣氛果真更加熱烈了。

音樂的結尾，是一道彷彿綿延不絕的吉他泛音，而後配合鼓擊瞬間結束。

在這充滿震撼的一響後，全場一片靜默。

小威這才發現，自己全身已大汗淋漓，他看了看其他夥伴，也一樣微喘著氣。

「啪啪啪啪……」傑西又拍手了。「酷！超有FU的！好像真的一樣喔！」

這是肯定的讚美嗎？

然而，其他的參賽者卻沒有拍手，有些人抱胸，面無表情地站著，有些則是面露譏諷。

這代表自己的表演其實很可笑嗎？

矛盾的念頭在小威的腦海中不斷拉扯，讓他感覺到陣陣頭昏。

「請將樂器放好，我們今天的甄選大致上到此告一段落，」傑西宣佈。「謝謝各位的參與。我和經紀人討論過後，會挑出適合的人選並通知大家。」

小威依依不捨地將電吉他從身上拿下，又不住細細把玩欣賞。他突然發現傑西正笑瞇瞇地盯著他看。

「這是限量版的經典吉布森列斯波（Gibson Les Paul）電吉他，你喜歡嗎？」傑西問。

「呃……還不錯啦。」小威有點言不由衷，快速地將電吉他放回架上。

一行人走下舞台。

「噢，好緊張喔！可是沒想到一下子就結束了。」排骨如釋重負，露出疲憊的笑容。

「我可是一點都不怯場，」ＪＪ又開始臭屁起來，「我想我一定帥呆

Pearl

了！」

「臭美，我鐵定比較帥。你剛剛有看到我做這個動作嗎？」排骨做了一個他從演唱會影片看來的吉他手舞台動作，將吉他直直立起高舉，臉卻貼在琴身，表情蹙眉投入，還真是有模有樣！

「那你有看到我……」ＪＪ也不遑多讓。

「好了啦，先回家再聊吧！」大東制止ＪＪ和排骨無止境的虛榮較量。

「小威，走吧！」

「傑西，謝謝你喔！」臨走前，小威突然覺得想向傑西道謝。因為，若不是這次機會，他或許永遠都沒有機會接觸電吉他，更何況是那麼美麗的一把。

「別客氣。」傑西笑著點頭。

當四個人步出傑西家的豪宅大門，感覺恍如隔世，像是做了一場夢一樣。

一路上，ＪＪ和排骨仍在爭執著誰在舞臺上比較帥氣；而大東則說因為怕鼓敲下去會因為聲音響亮而穿幫，所以他只在空氣中揮舞鼓棒，有點不過癮。

而小威，則不時看著自己的手，思緒仍沉浸在電吉他在他指尖殘留的觸感，以及吉他掛在肩上沉重的實在感裡。

唔……列斯波電吉他……。

6. 甄選結果

甄選完到結果公佈之前，是小威有記憶以來最難熬的一段時光。

連他自己也搞不清楚，自己的這份期待究竟是因為還想再有「摸」電吉他的機會，還是真的想要玩樂團，或者具體一點，是想跟李傑西組樂團？

不，不可能。對於李傑西，小威自認為不可能崇拜他——他跟我同年紀耶！如果崇拜他，不就代表我輸給他了嗎？這，是一種身為男孩子的自尊心吧！

算了，別想了。不如來想想看怎麼樣能夠把吉他彈好。

我才只有十三歲，有可能把吉他彈好嗎？小威質疑著。可是他隨即就想到陳育賢，雖然並不是彈奏很困難的東西，可是能夠自彈自唱也已經相當厲害了！

想到這裡，小威一股腦躍下床，打開電腦上網，在視頻網站上查詢「十三歲　電吉他手」——天啊！竟然出來上千筆的資料，世界各地都有與自己年紀相仿，甚至年紀更小的電吉他手，而且技術都已相當純熟！

由此可見，年紀絕對不是問題，只能說自己起步比較晚了些。沒關係，我可以靠努力來彌補。只是，小威旋即想到，最主要的困難在於，別說電吉他了，自己連一把真正的吉他都沒有——他倒是有很多掃把變身的吉他。

他洩氣地關閉螢幕，打開。又關閉，又打開。

接著，他想起同學曾說拍賣網站上經常可以撿到便宜，於是他連結上拍賣網站，搜尋「電吉他」。

得到的訊息，讓他的心跌到了谷底。

最便宜的電吉他，至少也要四千元左右。

又查了一下，據許多網友的評價，說這類便宜的電吉他大多粗製濫造，音準大半有問題，會影響練習。

那麼，李傑西家中那把又如何？他鍵入「列斯波電吉他」搜尋，赫然發現，他在李傑西家彈的那把電吉他，竟然要價二十五萬元！

這個消息實在太令他震撼了！自己連四千元的電吉他都買不起，更遑論二十五萬元的。而且和二十五萬元的電吉他比起來，四千元的看起來簡直就是玩具……。

呀！自己怎麼變得這麼虛榮？太不應該了。

然而，那把有著夕陽漸層色的列斯波電吉他，卻讓他像著了魔一樣，魂牽夢縈。

正當他一面想念著那把夢幻電吉他，一面苦惱的時候……

「登登！」他收到一封新的E-MAIL。

「李傑西樂團甄選結果通知」，信件的主旨讓小威馬上回過神來。他趕忙將信件點開……

恭喜您，方學威同學，你已成為李傑西樂團的一員，請於收到此通知後，盡快與我們聯繫。電話為09XX-XXXXXX，或直接回覆此信件。

什……什麼？自己竟然選上了？不可能吧？為什麼？

等等…那……我又可以彈那把吉他了嗎？

慢……慢著，那，其他人也錄取了嗎？

諸多思緒在小威腦子裡萬馬奔騰，加上錄取的震驚，讓他頭腦發脹。

今天剛好又是禮拜六的聚會時間，等一下可以順便問問他們。

等一下…要是他們沒有錄取，那……該怎麼辦？

小威的腦海裡，彷彿被鑿出一個專門冒出問題的深井，問題一個個接連湧出，簡直就要把他淹沒了。

「小威！」說曹操曹操就到。小威連忙把電腦螢幕關上。

「來囉！」

門一開，其他人照例爭先恐後地擠進小威的小房間裡。詭異的是，今天大家圍坐在一起，卻沒有人先開口說話。

除了大東以外，其他每個人一下子低頭，一下子抬頭，卻又不敢直視彼此的眼睛，真教人難耐。

「你們怎麼了？怪怪的喔！」大東問。

「你…你們有收到嗎？」ＪＪ先試探性地開口。

「收？收到什麼？」大東問。

「就…就是樂團甄選的結果通知啊。」ＪＪ吞吞吐吐。

「我沒有耶，你們有收到嗎？」大東溫和的眼睛讓小威和ＪＪ罪惡感油然而生。

「我……我有，我被錄取了。」小威沒辦法對大東隱瞞，決定從實招來。

「你也被錄取嗎？」ＪＪ發現自己一下子音量大了許多，馬上又刻意壓低音量。「我…我也被錄取了。」

一直不說話的排骨，這時候也承認：「我也被錄取了。」

「哇！只有我沒有被錄取，怎麼會這樣？」大東似乎有點沮喪。

氣氛有些凝固。怎麼會只有大東沒被錄取呢？

「那……我們還要去跟李傑西組樂團嗎？」排骨怯怯地問。

這個問題不問還好，一出口反而讓氣氛更尷尬了。因為先前大家說好了「同進退」，除非全部的人都錄取，否則都不參加。但是，那是因為原先四人對於錄取不抱太大期望；現在這難得的好機會就在眼前，又叫人難以割捨。

對ＪＪ和排骨來說，能夠和自己的偶像李傑西一起上台，簡直就像作夢一般；而且趁此機會也可以耍帥，吸引女生的目光，實在太難以抗拒了。

對小威而言，更是一大難題。三個朋友間，他與大東的交情最好，但樂團和電吉他的誘惑，讓他心生動搖，左右為難。

至於大東，則是十足的感到困惑。為什麼只有自己沒被選上？而且，其他人流露出的想要拋下他參加的意圖，也讓自己有些難過。

四個人再度陷入沉默。

過了半晌，大東先開口說話了：

「你們還是去參加吧，別管我了。畢竟是個難得的好機會，要是情況相反，換成是我被錄取，我可能也會想去吧。」大東臉上略帶苦澀的笑容，讓小威很過意不去。

「可以嗎？大東你OK嗎？」排骨聽了竟然激動起來，彷彿相當高興，害小威忙著使眼色提醒他注意大東的感受；可是現下排骨只關心大東是否可以接受其他人去參加樂團，完全沒注意到小威的暗示。

「嗯，沒關係的。」大東很用力的點頭。

「歐耶！謝謝你！大東！你真的好有義氣喔！」排骨真是少根筋。

「我有點不太舒服，今天就到這裡吧，我先回家休息了。拜拜。」大東站起身，準備離開。

「大東……」小威正想開口說點什麼安慰大東，可是卻又想不出來該說什麼才適當。最主要的原因是——小威自己心虛。

最後，還是只能默默看著大東離開。

「大東好像不太開心耶。沒被選上真的好心酸啊。」排骨顯然已經把「同進退」的承諾都拋在腦後了。

「你很阿呆耶！」ＪＪ用手拍了一下排骨的肩膀。「搞不清楚狀況。」

「很痛耶，你幹嘛？我又怎樣了？」排骨也回敬了一下。

「你……」

「好了，先別吵了。」眼看ＪＪ和排骨又要打鬧起來，小威心情不禁升起一股煩躁。

「我們之前說好要同進退的，現在卻讓大東一個人落單，是我們不對。」

排骨聽了，終於安靜下來。

「那…我們究竟要不要參加？」ＪＪ問。

7. 樂團訓練

暑假到來。

今天，李傑西家的專用練團室裡，即將開始這個新樂團的第一次練習。

ＪＪ和排骨到場時，練團室裡，除了傑西和經紀人，還有一位不曾見過的同學，和一位留著長長捲髮，戴著墨鏡的中年男子。

「你們班的方學威不來嗎？」傑西對著ＪＪ和排骨問。

「……不清楚耶，我們有好一陣子沒有聚在一起了。」排骨說。

「嗯，那我們就不等了，把握時間練習吧。」傑西說。

傑西話才說完，練團室的門突然打開了。

小威終於還是來了。

「抱歉，我遲到了。」小威一面喘著氣，一面擦著涔涔滴落的汗水。

「噢，你來啦，我還以為你不來了呢！」傑西笑著說。「快把東西放好，來練習吧！」

小威把背包拿下，偷偷瞄了一下ＪＪ和排骨，而他們倆也正往小威這裡瞧。三個人眼光交會的瞬間，又馬上不約而同把頭別開。

先前排骨對大東毫不體貼的舉動，讓小威挺不諒解；而排骨和ＪＪ一向就是秤不離鉈，ＪＪ自己也很沉迷偶像，嚮往演藝生活，因此ＪＪ和排骨鐵定是同一陣線的。

更令小威自己發悶的是，自己又有什麼立場指責排骨和ＪＪ呢？他們的動機或許不一樣，但，同樣是背叛了大東啊？

而且，自從那天之後，「空氣樂團」沒有再聚會過。大家都在迴避要不要參加演出的問題。最後是小威自己說：「報到那一天再說吧。」

小威幾次想要打電話找大東聊一聊，拿起電話卻又沒有勇氣；而大東似乎也沒有在網路上出現過。

幾經反反覆覆的掙扎，小威終究沒有辦法放棄參加樂團的機會。

「小威，你來啦，我們也都以為你不來了，害我們擔心了一下。」排骨和ＪＪ一起走過來。「來了就好，我想大東一定可以理解的啦。」

排骨和ＪＪ的態度，讓小威少了些不自在。他心想，既然都已經來了，就別想那麼多了吧！

不過，讓他意外的是，陳育賢、徐名揚和田羽甄竟然都沒有入選，真是不可思議。

或許是因為他們的樂器都不是熱門樂器，反而落選吧？小威自己揣測著。

「方學威同學，」李傑西喚著小威，「你不是很喜歡這把列斯波吉他？你就拿去練習吧，等一下會有老師來指導大家。」

小威聽了，簡直喜出望外！他又可以再次彈奏令他魂牽夢縈的列斯波電吉他了！

確定參加樂團演出的喜悅讓他們感到暈陶陶的，三人開心地背起樂器——真真實實的樂器，撥弄彈奏，一時忘了那一個陌生的同學。

「另外，我想向各位介紹一下，」傑西的嗓音再度響起，讓三個人的目光暫離樂器，看到了傑西身旁的陌生人，「這位是我的堂弟李志勛。他今天是來觀摩的。」

「各位好！」李志勛和堂哥傑西一樣，有著迷死人的笑容，但與傑西略帶冷酷的帥氣不同，李志勛比較稚氣，加上秀氣的小眼睛，右臉頰上還有一個酒窩，簡直就是現在最受歡迎的「韓流帥哥」。

「哇！媽呀，他們家的人怎麼都長這麼帥？」ＪＪ讚嘆著，排骨在一旁也猛點頭。平常總以美少年自稱的兩人，此刻卻變得異常謙虛，一副甘拜下風的模樣。

「這麼美型，怎麼沒有出道當偶像呢？」排骨竊竊私語。

不過，小威關心的卻是另一個問題。

「傑西同學，我想請問一下，我的同學大東為什麼沒有入選呢？這個樂團不需要鼓手嗎？」

「對啊，我們四個是同一團的，默契很不錯，怎麼會沒有大東呢？」ＪＪ和排骨也趁機跟著附和。

「你是說程大東嗎？」李傑西露出惋惜的表情。

「大東打鼓挺有架式的，我個人滿欣賞，可惜我的經紀人說我們樂團的表演型態還不是很確定，而且受限於學校的舞台設備，可能沒有辦法提供爵士鼓的設備，所以到時候鼓的部分可能要以其他的技術來克服。絕對不是因為大東不適合。」傑西溫和解釋著。

小威聽了，也覺得頗有道理，學校的舞台確實不大，自己對於樂器和舞台設備更是一竅不通，所以更不好意思發表意見。而李傑西的解釋，似乎也讓小威對大東的愧疚感減輕了一些。

「傑西，把握時間。」傑西的經紀人催促傑西。

「各位同學，我們在開學後就沒有太多時間練習，所以一定要把握暑假的時間喔！」傑西為大家打氣。「讓我們開始吧！」

當大家都就定位之後，李傑西又向他們介紹那位留著長卷髮的中年人，原來是李傑西的「舞台總監」金老師。根據傑西的說法，這位「老師」，是相當有名氣的音樂製作人，調教過不少偶像歌手，傑西正是他一手捧紅的。他還懂得各種樂器，也會填詞譜曲，簡直樣樣精通。此後，小威等人的訓練都由他負責。

然而，「金老師」的模樣卻頗令小威生畏，除了身上濃濃的菸味，牙

齒也因為長年抽菸累積了黃黃黑黑的汙垢；而他說話經常混雜著粗魯的辭彙，更令小威適應不良。

儘管如此，小威告訴自己，無論如何，金老師都是他人生中第一位吉他老師，他還是要尊敬他，虛心求教才對。

「小鬼們。」金老師喜歡稱呼他們「小鬼」，聽起來還滿隨興狂野的，所以他們也不是很排斥。

「你們，都沒有樂器的基礎嗎？」金老師啞著嗓子問。「傷腦筋啊！算了，那個不是重點。我會好好教你們，你們要認真學，知道嗎？」

「知⋯知道。」三個人怯怯地回應。

金老師要他們各自找個地方，好好熟悉一下自己的樂器。於是小威小心翼翼地抱著吉他，找了一個角落坐下。

實際上，當李傑西將電吉他交給他之後，他整個心、全部的思緒幾乎都貼在吉他上了。就連令他害怕的金老師在說話時，他整個人也都飄飄忽忽的。

現在，他終於和朝思暮想的電吉他獨處了。透著美麗木紋的琴身、琴頸，電鍍成金色的旋鈕和拾音器，指板上還有用貝殼鑲嵌的圖案，這對小威來說，彷彿就像一台超級跑車。尤其是夕陽漸層的烤漆，更讓小威著了魔似地直盯著，彷彿墜入無際的火紅夕照裡，沉浸在夢幻華麗的彩霞中。

「小鬼，你好命喔，用這麼好的吉他。」金老師不知何時走到小威的身旁。「來吧，我教你幾招。」

「來，先把這條『導線』插到電吉他的插孔，另外一邊連接到音箱的輸入孔。」*金老師左手扠腰，用右手隨意指了指。小威似懂非懂，手忙腳亂邊猜測、邊摸索。

「動作快一點！接著把音箱的電源開關打開，再把電吉他的音量旋鈕稍微轉大一點點。」

小威哪懂得什麼按鈕、旋鈕的。他看見音箱上有個紅色的開關，鼓起勇氣按了下去。

「鏘逼～～～～～」音箱突然發出尖銳的咆哮聲，把小威嚇得幾乎跳起來！他連忙胡亂旋轉吉他上的另外三個旋鈕，又用手掌蓋住琴弦，噪音才消失。他回想起上次來，並未將電吉他連上音箱，所以根本不知道電吉他原來是這樣發聲的！

小威手心滿是汗水，微微發抖，耳朵還產生了耳鳴。他覺得自己糗斃了，其他人一定也被自己製造的噪音嚇了一跳吧。

「對……對不起。」小威抱著吉他，縮著身子，連連道歉。

「嚇到了齁？你要把電吉他拿好，不然噪音會魔音穿腦。」金老師只是一邊摳著耳鳴的耳朵，一邊面無表情地說。「你什麼基礎都沒有，我先教你最簡單的『國際四和弦』。」*金老師說，「來，我示範一次，你照著練就對了。」

金老師一把拿過吉他，彈了起來。「來，這個叫做C、這個叫做Am、這是D、這是G。看清楚了嗎？」只見老師的手指快速變換，小威卻是眼花撩亂。

「你試試看。」金老師又把吉他交還給小威。

小威慌亂地照方才記憶中的指形操作，卻怎麼也無法確認。

「不對不對！C是這樣！」金老師粗魯地矯正小威的指形，小威原本就不自然的姿勢，此時產生了疼痛的感覺，讓他忍不住「啊」一聲叫出來。

「痛啊？這很正常啦！不要一直唉唉叫。初學者一開始都會覺得困難、會痛，以後指尖長繭就不會了。要多練習！你今天把C和弦按好就好。」

沒想到吉他竟是這麼困難的樂器。不像鋼琴，用一根手指就能彈出乾淨、簡單的旋律；用兩三根手指，就能夠輕易彈出和弦。小威感覺到自己的手無比笨拙無力，才練習了一會兒，左手的手腕就開始酸痛，指尖更像是被鋼弦割傷一樣，一直隱隱傳來刺痛。更令小威挫敗的是，看似簡單的C和弦，他怎麼也按不好、壓不實。當右手撥弦的時候，發出的聲音雜亂嘶啞，全然沒有吉他該有的清脆明亮。小威心裡挫敗極了！

練了一下午，小威還是沒有辦法把C和弦按好，ＪＪ和排骨也同樣叫苦連天。

不過，他並沒有因此氣餒。

回家後，他上網搜尋電吉他的教學資訊，找到了不少網友分享的練習心得與方法，解除了不少焦慮。然而，最核心的問題是——他沒有樂器可以在家練習。

他拿起房間的掃把，模擬今天學到的指法，卻怎麼也不對勁。

「唉。」他洩氣地放下掃把，躺在床上發呆。

「不知道可不可能把電吉他借回來？」小威想著，「不過，那麼貴重的物品，要是不小心損傷了，我也賠不起。」

小威越想越苦惱。

「大東這時不知在做什麼？」苦惱的時候，小威總是會想起大東，現在更增加了一股愧疚。

「小威啊，後天你生日，想要什麼禮物嗎？」晚餐的時候，媽媽問他。

「不用啦，媽。」小威對於媽媽在百忙中還記得他的生日，意外又感動。「我去巷口買個小蛋糕跟您一起吃，這樣就好囉！我有零用錢，順便請媽媽喝一杯拿鐵。」

小威知道媽媽平常節儉，連喜歡喝的咖啡都忍住不喝，偶爾也應該享受一下。

儘管在小威的心裡，好想告訴媽媽，他想要一把電吉他！但是，他不應該任性，畢竟都快要升上國二了呢。而且，媽媽為了讓自己什麼都不缺，連自己的享受都犧牲了，這時候更不應該要求貴重的禮物。

「小威真貼心，媽媽好開心。不過，你如果有想到什麼喜歡的東西，還是可以跟媽媽說喔。」媽媽慈愛地望著他。

小威雖然點點頭，但這個奢侈的願望只能一直埋藏在心裡了。

8. 吉他

除了學習吉他之外，金老師還安排了許多小威意料之外的課程。例如：肢體動作、舞台動作——甚至還要記台步。

對於急著想要增進吉他技術的小威來說，這些課程讓他更加焦躁不安——連吉他都來不及練好了，怎麼還有時間練這些「有的沒有的」呢？

「老師，我想應該集中精神把曲子練好。可不可以不要練習舞台動作？」

「那也是表演的一部分啊，小鬼。現場表演不是只有好聽就可以了，視覺也很重要。你也不希望台下的觀眾覺得你看起來很『矬』吧？」

「不過你也才國一，練習時間又緊迫，小朋友上台表演，不必看得那麼嚴重啦。」

金老師一連串的連珠炮，讓小威心裡很不好受。明明自己努力想把一件事情做好，為什麼別人卻都叫他不要太認真呢？吉他彈得好不好，跟年紀一點關係都沒有呀？

而李傑西除了前幾次練習加入他們，之後，越來越少出現；到後來這些緊鑼密鼓的訓練，反而都是他和ＪＪ、排骨三個人練習較多。

「傑西呢？他不用練習嗎？」ＪＪ問。

「對啊，我們的樂團不用一起練習，培養默契嗎？」

「傑西要忙著軋戲、宣傳，還要出國遊學，而且他有基礎，舞台動作也相當純熟。你們幾個先趕快練習好，等最後幾次，再來套團體的默契。」

ＪＪ和排骨倒是對於舞台練習相當投入。他們還經常討論彼此的造型。

有時候，他們也會給小威出意見：

「小威，你個子比較小，要穿那種有修飾效果的『靴型褲』或『煙管褲』，一定會很有型！」

「小威，你背吉他不要背太高，比較帥。」

練團室裡面有一面鏡子，ＪＪ和排骨經常在前面練習擺POSE。今天小威硬是被拉到鏡子前。

「金老師有說過，舞台上的視覺很重要，你一定也要練習擺出超帥的姿勢啦！」

小威勉為其難站在鏡子前，ＪＪ和排骨你一言、我一語地出主意，幫小威拿主意。

「你看！這樣站是不是超帥！」他們幫小威調整吉他背帶的長度、站姿，甚至連下巴抬高的角度都注意到了。

小威望著鏡中抱著吉他的自己，暗暗吃了一驚，因為連他自己都覺得挺帥的！

「還…還好啦！」小威言不由衷，悄悄調整起自己身體的姿勢來。身上的夕陽漸層電吉他，讓自己看起來帶點貴族氣質及高深莫測的神祕感。

「哇！小威，這把吉他真的跟你很搭配耶！」排骨說。「我那把黑色加銀蔥的芬得（Fender）雖然也很帥，但你這把實在是沒話說！讚！」

「架式十足啊！小威，看起來就是個厲害的吉他手！」

ＪＪ和排骨接連不斷的讚美聲中，小威感到一陣飄飄然，腳跟都快離地了，儘管他的臉上仍是一副百無聊賴的表情。

「話說回來，你們兩個樂器到底練得怎麼樣啊？」

「ㄟ……幹麻突然說這個啊？」排骨聽起來有些心虛。「就……盡力練了，金老師也說時間太短，不要太有壓力。」

「我的手指超痛的，都長繭了。」ＪＪ伸出手，展示他新長出的繭。

「我早就長了，你到現在才長。」小威有點得意。

「吼，小威，我們可不像你，有那麼多時間練習。」ＪＪ不服氣地說。

「我和排骨暑假還要很多補習耶。要不是我跟我媽說，參加這次學校的表演，學校會記嘉獎，還可以增加活動經歷，對以後升學很有幫助，我媽才不會讓我來呢！」

「對啊，而且，這只是一次表演啊！難不成你以後真的要當職業吉他手？」排骨也接腔。

小威有些詫異，因為自己是相當認真看待樂器練習這件事，沒想到ＪＪ和排骨好像只是玩票的心態而已，自己是不是太過執著了？想想ＪＪ

和排骨家的狀況，自己的確是比較自由，每個人的狀況不同，好像也不該用自己的標準去衡量別人。

可是，這次的表演本來就是一件大事呀，可不能隨便，不然，一定會出糗的！

「說得也是。不過我們還是努力一點練習，不要到時候上台漏氣，就帥不起來了。」小威無意起爭執，改用安撫的口吻。

「安啦，我問過金老師和傑西，他們說，表演一定會順利的，不會太困難。」排骨的表情十足安心。

「反正盡量練習就對了，別想太多。」ＪＪ說。「不過我看小威你好像真的很愛彈吉他，說不定可以練出點名堂來，你就加油吧！」

「好吧！既然你們都這樣說了。」好像是自己太多心、太焦慮了，小威心想。

「對了，ＪＪ、排骨，你們最近有碰見大東嗎？」

「沒有耶，你不是跟他最好嗎？怎麼還問我們咧？」

即使是四個極要好的朋友，其中還是可以區分出小團體。例如ＪＪ和排骨就是最要好的朋友，而他和大東則是另外一組。也因此和大東莫名其妙疏遠，好像理所當然成為小威和大東兩人之間的問題了。四個人的組合，少了大東一個，竟是分崩離析。

「我是有寫E-MAIL給他啦。」ＪＪ說，「他只回說他最近也很忙，就沒多說了。」

「很忙？」小威喃喃自語，「在忙什麼呢？」

「金老師，我到現在連國際四和弦都練不好，到時候表演會不會有問題啊？」練習的時候，小威向金老師傾訴一直以來的苦惱。

「小鬼，你想太多了。」金老師嘴巴裡散發出濃厚的檳榔味，小威一面盯著金老師的墨鏡，一面覺得有些噁心。「你繼續練就對了，起碼練到看起來像是會彈就好。」

「我們不是還要練完整的歌曲嗎？我這樣來得及嗎？」

「哎喲，你這小鬼怎麼這麼煩啊？不是跟你說了嗎？曲子最後會讓你來得及表演就對了，我是什麼人物，會跟你亂扯嗎？我跟你保證你們的表演會很成功，你在全校面前都會很有面子的啦！」

聽得出金老師的口氣中強忍著不耐煩，小威嚇得不敢再問。再說，傑西的製作人，是演藝圈赫赫有名的專業人士，他說的，想必不會有錯吧！不過，小威對於自己的吉他技術實在沒有信心。幾次的練習都令他感到挫折。

他必須想辦法多找一些機會練習才行。

「傑西，不好意思。請問……我可以多找一些時間過來你家練習嗎？」

難得今天傑西有來，小威踟躕了許久，終於提起勇氣問。傑西聽了，只是帶著微笑走過來。

下一刻，他竟冷不防搭住小威的肩膀，像是對待自己的好哥兒們一樣。

「小威，你放輕鬆一點，我是不是給你太大的壓力了？」李傑西突如其來的親密，讓小威不知所措。平時總是帶著完美微笑，彬彬有禮的傑西，其實讓小威很有距離感，就像是王子和平民之間的差距。小威不喜歡自卑的感覺，可是在傑西面前，這種感覺總是不請自來；或許因為意識到這一點，讓小威也刻意和傑西保持距離。

而現在，傑西卻給他一種肯定、接納的感覺。

「你進步很多了。」傑西說，「老實說，我們都沒有預料到你會進步這麼多。」

「可是……我怕這種程度要上台表演，還是不夠好。」

「看你這麼認真，我好感動。」傑西面對小威，「相信我，我們只表演一首簡單的曲子，一定沒問題的。」

「我還是想多練習……」

「呀！我是很想讓你來練習，可是，我家平常都沒人在。」傑西好像有點苦惱，「要不然，電吉他借你回去練習？」

小威的心又怦怦跳了起來，沒想到傑西這麼大方，願意把名貴的電吉他借給自己。

可是，這股喜悅隨即冷卻下來，他因為意識到自己的虛榮而不安。加上自己的房間空間狹小，電吉他還需要放置擴大器等其他裝備，簡直是不可能的任務。

更重要的是，要是吉他受到什麼損傷，或者遺失，自己可承擔不起啊！一定也會被媽媽狠狠責備的。

「謝謝你，我還是另外想辦法吧。」小威婉拒傑西的好意。

「好啦，你真的不要看得太重，壓力太大了。我們是一個團隊，一定會讓演出順利的。你只要像ＪＪ和排骨一樣，按照金老師的進度前進就可以了！」傑西拍拍小威的肩膀。

「其他的課程也要好好加油喔！」傑西瀟灑離去前，提醒小威。

儘管如此，小威的思緒仍然全部牽繫在電吉他上。傑西家有那麼多把名貴的電吉他，卻彷彿是平常的日用品一般不甚在意；自己只想要一把，卻是千難萬難。

「要是我有自己的電吉他，就不會這樣了！」

經過一下午的折騰，回到家，小威已是疲憊萬分。

當他打開房門，赫然發現床邊擺了一個禮物。光看形狀也知道，那是一把吉他！

「莫非，媽媽真的買了一把電吉他給我！」小威心裡又驚又喜。連自己都忘了今天是他的生日。

不過，當他拿起禮物時，他馬上就知道不是電吉他，因為重量輕了許多。

他拆開包裝紙，果然是一把用黑色人造皮袋裝著的木吉他。他將吉他從袋子裡取出，由於平常彈慣了名貴的電吉他，這把木吉他顯得過於樸素而不起眼。

看著這把木吉他，小威的心裡卻不斷想起傑西的夕陽漸層列斯波電吉他。這把木吉他甚至連硬盒子都沒有，琴身、指板也沒有任何的花紋、貝殼裝飾。更讓小威洩氣的是，這把吉他連品牌的名稱都沒有印上去。

小威雖然感動於媽媽的心意，卻衍生出更多失望。

——為什麼，自己和傑西的家庭條件怎麼會落差這麼大呢？這個念頭無法自制地冒出來。

他知道自己還是要跟媽媽說聲謝謝，於是帶著吉他下樓。

「媽，您怎麼知道我想要一把吉他？」小威不知臉上的笑容有沒有露出破綻，「謝謝您。」

「怎麼樣，很不錯吧！我可是費了一番功夫喔！」媽媽得意地笑著說，「那可是我問好久，才問到市場的朋友，說他的親戚在台中的吉他工廠工作，可以幫我拿到便宜的吉他。我從以前就看你好像很想彈吉他，現在還真的要上台表演，自己沒有一把吉他怎麼行？」

「謝謝媽，可是，我練的其實是電吉他，不是

這種木吉他。」話不知怎麼的脫口而出，小威看見媽媽臉上的笑容，瞬時消融成一汪疲憊，他知道自己失言了。

「媽，對不起……我不是說吉他不好。」小威歉疚地說。

「沒關係，媽媽對樂器不了解，以為吉他就是吉他，我分不清楚什麼電吉他還是木吉他。」媽媽神情落寞地走向廚房。

「媽……」

媽媽洩氣的身影，把小威的心也沉重地往下拉墜。

小威知道，自己的話已深深刺傷媽媽的心，自己實在太不應該了！只是最近，練吉他的挫折感加上演出的壓力，以及對於對擁有一把電吉他的渴望，竟讓自己變得這麼愛慕虛榮，不知感恩。

小威拿起吉他，竟不能克制地哭了起來。失去最好的朋友大東、吉他練習遇到瓶頸、讓媽媽傷心，自己怎麼會把事情搞得一團糟？

這天，他完全沒有心情再想吉他的事情，就連做什麼事情也都提不起勁。

他覺得好疲倦、好疲倦。

當他聽到媽媽出門工作的聲音醒過來的時候，已經是隔天清晨了。

他從窗戶望著媽媽騎摩托車的背影，心中充滿不捨。

接著他看見被他擱在牆角的木吉他，清晨的陽光斜斜地從窗簾間的縫隙灑在吉他上，反射出柔柔的金色光芒。

小威拿起吉他，吉他被晒得有些溫溫的。和電吉他比起來，木吉他的輕巧，反而少了沉重的負擔感。

「叮～」指尖撥動，木吉他發出明亮的聲響。

與電吉他極不相同，木吉他不需要外接導線，再透過音箱放大，靠著空心的琴身，就能發出一定程度的聲響。

木吉他琴弦比電吉他的硬了不少，因為不依賴拾音器收音，所以需要硬弦來增加音量。也因此，木吉他不似電吉他那樣敏感，容易發出雜音，反而有種殊異的實在感。

指板的手感，自然是比不上傑西家昂貴的名琴。不過，小威現在卻一點也不在意了——這是屬於他自己的吉他。

小威彷彿大夢初醒，訝異自己為什麼一開始會這麼排斥木吉他。或許是一種對搖滾樂團盲目的崇拜，或者是被電吉他的外型所吸引，又或者是自己太虛榮了。

不知不覺中，小威已經開始專注彈奏起來。不知何故，此刻他明確地感覺到自己的進步。原本覺得窒礙難行的「國際四和弦」，也變得順手不少。

樸實無華的木吉他，現在卻像一位一見如故的朋友，驅走了小威房間裡的孤單。輕輕刷著和弦，讓樂音充滿整個房間，緩解了小威對「空氣樂團」聚會的思念。

彈著彈著，小威腦海中自然地湧現了旋律，嘴巴也輕輕哼了起來。

連他自己都沒有注意到，他已經有了生平第一首創作歌曲了。

9. 表演曲目

這個週末的樂團練習，金老師終於公佈上台表演的曲目了。

並不是小威他們所熟悉的搖滾名曲，也不是當前的流行歌曲。

「來，這是傑西創作的DEMO，」金老師遞給他們一人一片CD。

「也就是你們上台要表演的歌曲。」

「啥？傑西的創作？他還會寫歌啊？」JJ聽了，發出讚嘆。

「現在偶像都要全方位，寫歌是一定要的，路比較寬。」金老師解釋。

「編曲都已經編好了，你們回去好好聽一聽。」

「老師，請問有沒有譜可以看？」小威問。光靠聽的要找出和弦，跟上音樂，恐怕不容易。

「譜？你們看得懂嗎？」金老師的口吻平淡，但小威聽起來卻有嘲諷的味道。「等一下我會發給你們簡譜，順便帶著你們一起聽、一起跑一遍。」

「好……。」小威雖然從吉他教材上學了一些看譜的方法，但仍是懵懵懂懂，所以也不敢堅持。

接下來，金老師要他們拿好樂器，在舞台上站定位。

音樂播放，練團室的監聽喇叭傳出傑西稚嫩的歌聲。曲調的節奏是搖滾沒錯，不過編排的方式更像偶像歌手的流行歌，青春、歡樂。

小威聽了，頓時愣了一下，因為和他原先預想的熱血搖滾很不相同。

「怎麼樣，這是傑西寫的歌，很不錯吧！」金老師顯然對得意弟子的表現相當滿意，「你們可是最早聽到這些曲子的人哪！」

「很好聽！輕快又有精神，沒想到傑西不只會寫歌，還寫得這麼好！」ＪＪ滿臉都是敬佩。

說得也是，不管曲子如何，會寫歌可不是一件容易的事情呀！

「有強烈的流行感，一定會大受歡迎的！」排骨好像一下子也適應了。

想想ＪＪ和排骨本來音樂就聽得比較廣泛，什麼偶像歌手、美少女團體的音樂他們素來照單全收，反而是自己都只聽搖滾樂團的音樂，相對狹隘許多。既然他們兩人都給這首歌好評，那想必是不差吧！小威試著稀釋心中的失落。

可是，如果能趁機演奏一首經典的搖滾歌曲不知道有多好？

「老師，除了這首曲子以外，還有沒有別的表演曲目？」小威問。

「怎麼？不過癮對吧！當然還有另外一首，是抒情歌曲，一快一慢，也是傑西的創作曲喔！」金老師一面說，一面開始播放另外一首曲子。當然也是傑西演唱的，有些甜膩、關於愛情的歌曲。

小威從來沒有談過戀愛，聽到同年齡的同學唱「情歌」，有股不太自在的感覺，好像刻意假裝出來的成熟。不過，或許傑西本來就比自己早熟吧！

「喔！好抒情！這個好聽！」排骨露出陶陶然的表情。「這個簡直就可以搭偶像劇的片尾曲了！」

「真的真的！」ＪＪ點頭如搗蒜。

無可否認，聽起來的確順耳，也琅琅上口。

雖然小威對這兩首歌曲並沒有太大感動，但想到要上台演奏，他們也仍是如臨大敵一般謹慎以對。

由於曲調平易近人，小威一面哼著，一面憑感覺用吉他搭配了一下。咦？沒想到自己僅會的國際四和弦竟然可以搭配得上。小威試了又試，發現兩首歌都是以這四個和弦所構成的，只是轉換的順序有所變化而已。

他心中冒出兩個驚嘆號。一個是關於傑西的創作曲，其實沒有別人想得那麼「了不起」，用的其實是最基本的元素而已。

而另一個驚嘆號，則是對於歌曲結構的了解。原來，四個和弦就能夠創作不同的歌曲了！只要變化順序，就會產生不一樣的感覺，這真是太棒了！

「你們回去好好揣摩一下，想想在台上要如何表現。」金老師下達本週的功課。「下次練團時，傑西會跟你們一起套團，你們要盡量把曲子聽熟，ＯＫ？」

「ＯＫ！」小威這次的回答，比起以往響亮許多，因為裡面塞滿了自信的把握。

「對了，你們過來簽一下名。」金老師突然想起什麼事，將他們三人喚來。

「簽名？我們有粉絲了嗎？」ＪＪ臉上露出飄飄然的微笑，卻被金老師從腦袋輕輕Ｋ了一下。

「粉絲你個頭！小鬼，這是切結書，你們在上面簽名，保證不把我給你們的ＣＤ讓別人聽到，也不能拷貝！懂嗎？」金老師的表情比往常更嚴肅可怖，嚇得他們三個只得連連點頭。

「這是公司的重要機密，如果洩漏了，你們三個就有得瞧了。」

小威覺得有時候金老師的確像是和自己很親近的老師；但更多的時候，他卻覺得金老師一點也不把他們三人放在心上。而此時此刻的金老師，好像流氓。

10. 老朋友・新朋友

開學之後不久，就是校慶了。而這次為了創校五十周年，擴大舉行的校慶晚會，更是全校喧騰的話題。

不用說，李傑西在晚會上的壓軸表演，是萬眾期待、眾所矚目的焦點。

而樂團成員的消息走漏之後，小威、ＪＪ和排骨自然也成了學校裡的風雲人物，讓小威感受到前所未有的緊張感。

除此之外，這個新的學期，還有更讓小威始料未及的狀況。

由於整個暑假忙於傑西樂團的練習，原本空氣樂團的定期聚會，就因此暫停了。

他完全忘記要重新分班的事情，而更糟糕的是——大東竟然轉學了。聽說是因為大東父親的木工廠營運出了些問題，所以不得不搬到郊區去了。幸好，他、JJ和排骨，還是留在原來的班級。

原本還在擔心著要怎麼開口化解大東和自己之間的尷尬，現在卻連機會也沒有了……「造化弄人」，這句成語瞬時閃過小威的腦海。

大東轉到其他學校，竟也沒有和自己這個最好的朋友聯絡，想必還在生氣吧。轉到別的學校的大東，會不會像自己一樣失落，覺得孤單呢？又或者，他已經結交了新的好朋友了？大東的個性友善溫暖，一定很快就能融入新環境。

「嘿，你們樂團，現在練得如何了？」一句問話，將小威從沉思中拉回。小威抬起頭，竟是……拉大提琴的「田羽甄」？

小威萬萬沒有想到田羽甄會在他們班上，而且，竟然還找他說話。

「樂團？啊，還滿順利的。」害羞的小威，隨口回答。

「哇，那很好呀！」田羽甄平時看起來表情有些高傲冰冷，現在的微笑卻是挺可愛的。「聽說你們以前都不會樂器，沒想到竟然是你們入選，我挺訝異的！」

「那是因為……」小威正不知如何解釋，田羽甄卻先接了下去。「好可惜喔！我一直很想要嘗試搖滾樂，古典大提琴的技巧不知道能不能用在搖滾樂團。早知道我也像你們一樣，表演舞台動作了；你們雖然不會樂器，可是動作真的還滿像一回事的耶，雖然彈奏的方式不正確，卻好融入音樂喔！」

田羽甄與高采烈的模樣，完全不像是因為上台機會被幾個樂器的外行人搶走，而感到忿忿不平前來「報復」的人。

「請問……妳不生氣嗎？」小威問。

「生氣？」田羽甄遲疑了一下。「一開始的確有一些啦，不過，想想也還好，因為，比起去參加比賽失敗的打擊，其實也沒有什麼。」

「妳，不能跟李傑西同台，不覺得可惜嗎？」

聽了這個問題，田羽甄的眉頭竟微微蹙了一下。

「不是每個女生都崇拜李傑西吧？」田羽甄嘟著嘴巴的模樣，好像對小威的問題頗不以為然。

「啊，抱歉。」小威的確以為每個女生都會對李傑西著迷，顯然是個不小的迷思。至少，田羽甄不是如此。

「沒關係啦！」田羽甄揮了揮手，瀟灑一笑。「倒是你的好朋友，好像滿風光的呢！」

轉頭一看，在一旁的ＪＪ和排骨，身邊圍繞著不少男女同學，他們兩個正興高采烈地擺出演奏樂器的POSE，引來連連讚歎。

噹噹～上課鐘聲突然響起。

「練樂器很辛苦吧！要加油喔！期待你們的樂團演出。」

田羽甄輕快地跑回座位。望著她的背影，小威心頭不知怎麼的，突然有些發熱起來。

每節下課，窗外從別班跑來看「傑西樂團成員」的同學，讓小威害羞得不敢出教室，他不得不在上課的時候舉手請求去上廁所。

好不容易捱到放學，小威背起書包迫不及待想回家。

「很受歡迎喔！偶像！」低頭快步走出校園，不料身後傳來女生的聲音。正是田羽甄。

「別…別消遣我了，都是因為李傑西的關係。」小威想起一整天都被人注目著，好像動物園裡的猴子一樣。沒想到成為眾人注目的焦點，竟是這種感覺。不知道其他人是怎麼調適的呢？

「哈哈，你好害羞喔。」田羽甄快步跟上小威。「話說回來，你們要表演什麼曲子？」

小威的臉漲得通紅，眼睛直盯著地板。他好痛恨自己害羞的個性。有時候他敢看著女生說話，但，大多時候，他卻只敢用耳朵對著她們，視線黏在地上。

「嗯……是祕密，規定不能講的。」小威其實還滿想告訴田羽甄，因為，田羽甄對自己的態度自然又真誠，像個真正的朋友。可是話到嘴邊，又硬生生地吞了回去。因為一想起金老師語帶威脅逼著他們三個莫名其妙簽下切結書，他就心慌，唯恐自己會因洩漏曲子被黑道修理，甚至賠償一筆天大的違約金，那他這一輩子就完啦！但他又不敢告訴媽媽，連日來，這股恐懼在他心中形成一股糾纏不去的陰影。

「喔，還賣關子。」田羽甄鬼靈精怪地說，「那你練好了嗎？」

練好了嗎？這個問句在小威腦海裡激起了連漪。

從上次練團回家後，他拿著木吉他瘋狂地練習。由於國際四和弦本來就已經練得挺熟練，歌詞曲調又好記，他練了幾次之後，除了一些段落銜接的地方以外，他已能夠將整首曲子的伴奏頗為流暢地彈出來，甚至還能夠自彈自唱。

「大致上還可以，勉勉強強。」小威靦腆地說。

田羽甄突然一個跨步擋在小威的面前，小威差點就撞上她，他不得不停下腳步、抬起頭來。

「喂…好危險。」

「你如果需要我幫你，儘管開口喔！別客氣。」田羽甄用認真的眼神直直望著小威。「雖然我拉的是大提琴，但樂器的道理都是相通的，或許，我可以給你一些意見。」

「不…不用啦，我很菜，妳那麼厲害，我會被妳笑的。」大提琴造詣那麼好的田羽甄說要看自己練習，初學吉他的小威又感激又害羞。

「你別那麼客氣啊，都是同學嘛！你絕對想不到我以前剛學大提琴的時候有多菜。」田羽甄說「菜」的時候，瞥見小威尷尬的表情，連忙修正，「不是啦，我的意思是，一開始都會不順手的，只要有人指點、有同伴可以討論，就能夠進步得很快喔！」

「謝謝妳。」小威的道謝是誠心的，在失去最要好的朋友大東，而JJ和排骨和自己漸行漸遠的時候，田羽甄的友善讓心中燃起了許多溫暖。

「好啦，不勉強，省得你覺得我『好為人師』、『雞婆』。」

田羽甄這時也臉紅了，小威看了連忙轉移話題。「妳平常都聽什麼樂團的音樂?妳知道『披頭四』嗎?」

「當然知道！」田羽甄爽快回答，「披頭四的『Hey Jude』是我最愛的歌呀！」*

「我也是！」小威喜出望外，沒想到田羽甄竟然知道這個英國老樂團，甚至還能說出歌曲的名稱！

他們兩人就這麼愉快地聊了起來，小威才發現，田羽甄原來也是個搖滾迷，而田羽甄知道的樂團，恐怕比大東和自己加起來還多，這讓他佩服得五體投地。

今天，意外多了一位和自己一樣喜愛音樂的新朋友！

——還是有很多好事情會發生的！

11. 第一次套團

這個星期傑西終於出現在練團室裡了。他剛剛趕拍完一齣新的偶像劇，又忙著宣傳，幾乎抽不出時間來練團。小威、ＪＪ、排骨三個人忙著上課、練習樂器、舞台動作，卻從來沒有全員到齊，好好完整練習過上台表演的曲目。這可讓小威產生了巨大的焦慮。只是他每次詢問金老師，金老師似乎一點也不擔心上台表演不夠純熟的問題，ＪＪ和排骨也是「老神在在」，讓小威覺得自己好像瞎操心。

而傑西的堂弟李志勛，今天也一起出現了。

「小鬼們，你們都準備得差不多了吧！」金老師扯開嗓門，「傑西和志勛今天好不容易有空，你們可別浪費時間啊！」

「小威、ＪＪ、排骨，不好意思，我最近比較忙。」傑西微笑著道歉。雖是道歉，卻是很有尊嚴、像是個王子一樣，絲毫沒有理虧的意味。而其實小威在意的，是希望能夠好好地把握時間，把樂團的默契練好。第一次上台，小威並沒有過多的期待，只想盡自己最大的努力去表現。

「傑西，我們開始吧！我準備好了。」小威的語氣不卑不亢，卻引起傑西和金老師的注意。

「喔，你準備好了，小鬼你很有自信喔！」金老師語帶揶揄地說。

「小威，一陣子不見，你變得不一樣了，很有架勢喔！」傑西稱讚小威。

「你們呢？還ＯＫ嗎？」傑西轉問ＪＪ和排骨，讓他們兩人登時手忙腳亂，忙著回答：「我…我們也準備好了。」

「那就開始吧！」傑西走向舞台中央，拿起麥克風。

此時的小威感覺到自己身體裡的血液彷彿要沸騰起來。練習這麼久以來，今天才總算是一次完整的樂團練習，更是人生第一次真正的樂團練習，怎麼能不興奮呢？

李志勛仍只是手插口袋，酷酷地站在一旁看著。

「等等！沒有鼓手怎麼辦？」小威看了看金老師，又望了望傑西。

「你放心，金老師已經準備好鼓的部分的伴奏帶了，我們只要跟著節奏就可以。」傑西說。「各位應該已經把歌曲的流程記熟了吧？前奏、主歌、副歌的循環都OK嗎？」

「我OK。」小威說。

「應……應該OK吧……」排骨的聲音微弱。

「我還可以。」JJ似乎也沒把握。

「沒關係，套套看就會順了。」傑西微笑著。

接著李傑西轉身，在麥克風架前站定。

「第一首歌是，陽光HIGHWAY！」傑西大聲吶喊。

「ONE、TWO、ONE、TWO、THREE、FOUR！」練團室的監聽喇叭傳出鼓棒敲擊和人聲的數拍聲。

演奏開始。

小威用力刷下第一個和弦，ＪＪ的BASS、排骨的吉他也一起跟上。

「停！」金老師突然停下節奏，大聲喊停。

「ＪＪ和排骨的拍點全都不對，弦也沒按緊。」金老師破口大罵。

「你們兩個到底有沒有在練啊？」

被點名責備的ＪＪ和排骨，面如土色，連連道歉。

「對不起。」

倒是沒有被責備的小威，心中欣喜無比。並不全然是因為自己沒有出錯，而更因為剛剛大家合奏的第一個音符，猛烈地衝擊了他的心靈，並留下深深的烙印。

原來，真正的合奏是這種感覺！儘管ＪＪ和排骨的狀態不甚理想，但仍讓小威感動萬分。

「這樣好了，我還是用無人聲的全伴奏音樂，讓大家跟著練吧，時間不是很多。傑西，可以吧？」金老師提議。

「ＯＫ。」

這次的背景音樂除了人聲，鼓、吉他和BASS的旋律都存在。小威心裡其實並不認同這樣的練習方式，不過為了順利練習，也只好遷就了。

「開始！」

音樂再度響起，這次由於有完整的伴奏引導，每個樂手都能夠跟上了，或者說，勉強帶過。小威發現自己的吉他和弦，其實也並不穩定，經常與背景的和弦有些微的落差。

「只要回去用木吉他跟著ＣＤ多練習，一定可以改善的。」這點小挫折現在已經無法讓電吉他手小威洩氣了，他知道自己辦得到。

他轉頭看看左右兩旁的JJ和排骨，他們顯然因為背景音樂的關係而輕鬆許多。他們並不知道小威其實聽得出來，他們因技巧不足而刻意遺漏的部分。

然而，這都不是問題，小威又再次感覺自己和JJ、排骨一起融合在音樂裡，就好像以前的空氣樂團一樣——甚至更棒。

前奏很快便過去，主唱傑西終於開始唱歌了。

「青春的陽光照在路上，我的夢想就在前方……」

咦？好像有什麼地方不太對勁。小威不知道自己的耳朵已經在努力練習樂器的過程中日益敏銳。他說不出哪裡不對勁。

曲子來到副歌。

「陽光HIGHWAY／帶我不斷超越／陽光HIGHWAY／腳步絕不停歇～～」傑西配合著帥氣的舞臺動作，引吭高歌。

啊！小威突然明白了。原來是傑西。

傑西唱歌的拍子精準，可是音準卻有些問題。而且隨著大量的舞臺動作，到後來甚至會有些上氣不接下氣，音準就更不穩定了。

曲子結束。

啪啪啪啪！「好！」金老師第一時間給予猛烈的讚美。角落的經紀人和李志勛也是拍手連連。

「真不愧是傑西，第一次就這麼OK！」雖然技術欠佳，JJ和排骨卻也感受到樂團演奏的快樂。

「哈哈，還好啦！」傑西享受著別人的稱讚，笑容燦爛。

OK？怎麼會OK呢？小威心中納悶。傑西雖然唱得不算太差，但說實在，離CD裡面的水準差太多了，這樣上台，恐怕會出糗吧？

「小鬼，你不高興嗎？這不是你第一次套團嗎？」金老師看小威臉上毫無喜色，有點不以為然。

「沒，沒有，我只是覺得，我們還需要多練習，可以更好。」小威老實說。

「齁，你小鬼真的很『龜毛』耶，你以為你練兩個月就可以變成大牌吉他手嗎？」金老師又再次譏諷小威。

什麼是認真？什麼是「龜毛」？小威現在一點都搞不清楚了。傑西的表演應該要很專業才對啊？多練習完善一點，不是更好嗎？為什麼大家都不緊張呢？果真是自己要求太多，反而自以為是了嗎？

他對自己的質疑讓他無法提出異議，只得聳了聳肩。

「來吧，小威這小鬼說還可以更好，」金老師一邊說，一邊用眼角餘光瞄著小威，「怎麼樣，傑西，要繼續練嗎？」

傑西也望了望小威，仍舊保持微笑。

「當然，一次是不夠的，表演一定要力求完美才行。」傑西扭了扭身子，振作精神，再度握住麥克風。「而且，我們另一首慢歌也還沒練呢。」

「小威，你段落銜接的『過門』彈得不太理想，要注意一下喔。」傑西這次沒有轉頭對著小威，而是對著舞台前方說話。「你知道什麼是過門吧？」

「過門？」小威並不清楚，而印象中金老師也沒有教過他。

「嗯，我會注意。」小威好強地回答。

他們那天下午練了兩個小時，把兩首歌各套了幾次。然後，傑西又忙著要去上通告了。

仍舊是段落銜接的問題，小威總是會跟不上。他平時練習也發現在和弦轉換時會有一些較複雜的變化，比較困難。或許，那就是傑西說的「過門」吧。他想去問金老師，可是他一想起金老師的態度，又倔強地打消了這個念頭。

算了！回家再上網查「過門」吧！

不知道是不是小威自己太過敏感，他發現傑西從剛才的練習之後，似乎對自己變得冷淡許多。或許是錯覺吧，傑西一直在忙工作，簡直就是個大人，想必壓力也很大。自己應該多給傑西一些掌聲的。自己的吉他不也彈得不完美嗎？怎麼會對傑西音準的問題這麼在意。

可是說來說去，傑西的音準的確不太精準，CD裡面的，大概就是雜誌上說，錄音室裡「修飾」出來的吧。小威

猜想著。

「小威，你別發呆了。趕快收好吉他，我們去吃冰吧。」排骨催促著小威。

「好！我馬上好。」

小威決定甩開這些紛擾的思緒，吃個冰讓自己冷靜一下。

12. 登台

表演的日子終於到來。原本感覺還有一段時間，卻不知怎麼地就溜到眼前了。彷彿你愈緊張，它就愈刻意加速跑到你的面前。

待會兒就要上台了。小威正被化妝師用濃厚的粉撲撲著臉，頭上還噴上比殺蟲劑還要難聞的髮雕；自己的髮型被弄得像是格鬥電玩裡面的角色，像是霜淇淋一樣。更糟糕的是，造型師讓他穿上緊身的銀色外套和長褲。

「我跟你保證，這個造型在舞台上效果超炫的，你一定會變成超『ㄉㄧㄠˇ』的吉他手！」

「你們真的挺幸運的，」造型師一邊幫小威微調造型，一邊說：「平常的童星根本沒機會讓頂級的造型團隊來做造型，你們賺到了！」

這個造型師據說經常上電視的美容節目，相當有名氣，也是傑西的公司特約王牌造型師。

小威只能苦笑，他緊張得根本沒有時間對自己的造型發表意見。一旁的JJ和排骨一身行頭也是炫爛到不行，只是他們兩人笑得開懷，還打打鬧鬧，絲毫沒有上台的焦慮。

更令小威萬萬沒料到的是，這次的校慶晚會竟然會有這麼大的場面。來了不少記者、媒體，甚至還有電視台的現場轉播車！

他想起田羽甄昨天晚上在電話裡跟他說的：「只要專心在音樂上就好！享受音樂！下面的觀眾，就把他們當成是一株株的海草就好了，其他聲音就是海浪的聲音，你是對著大海演奏音樂！」

小威不禁笑了出來，海草的比喻實在太妙了。不過，說得倒簡單，他發現自己的膝蓋正暗暗發抖呢。

田羽甄近來和小威成了很聊得來的朋友，除了下課、放學之外，晚上還經常用電話聊天。小威從田羽甄那兒，聽到了很多關於表演的經驗。他想像著田羽甄一個人在台上，抱著大提琴，面對著偌大的演奏廳，下面黑壓壓地塞滿了人。田羽甄是怎麼應付巨大的壓力呢？想到這裡，小威心中油然而生出許多敬佩。

「我以前每次上台總會很緊張。」田羽甄說。

「那後來就不會了嗎？」電話那頭的小威問。

「完全不會……才怪。」田羽甄的回答讓小威的心一下子放鬆，一下子瞬間緊縮。他原先以為田羽甄一定不再緊張了。

「對我來說，最後只能跟緊張做朋友。」田羽甄語氣一派輕鬆，「我請緊張坐在我的提琴上，跟我一起對著大海和海草享受音樂。他就真的變成一個神經兮兮的小精靈，乖乖坐著。」

「哇！」小威只能發出讚嘆。

「嘿！你可是搖滾吉他手呢！搖滾巨星是不能怯場的喔！你一定可以的。」田羽甄說。

田羽甄可以，自己一定也行的。

「你們幾個過來一下。」小威回過神來，發現金老師和經紀人突然出現在準備室。

「今天的表演很重要，你們應該知道。」經紀人嚴肅地說。「為了讓傑西完美演出，有件事情要你們配合一下。」

金老師站在一旁，同樣神情肅穆。

「你們聽好了，等一下的表演，你們的樂器不會收音。」

「等一下，那不就表示……」小威搶話。

「小鬼，你先閉嘴，等人家把話說完。」金老師制止小威。

「我知道你們平常練習很認真、很辛苦，」經紀人試圖安撫，「但是這一切都是為了表演的效果，你們的練習成果已經超乎我的預期，幾乎跟音樂都能配合得很好了。」

「所以等一下，你們只要像一開始一樣，跟著音樂演奏就行了，還是演奏，只是……不收音而已。」經紀人說得理所當然。

小威又要抗議，這麼一來自己的努力練習不就全都白費了嗎？可是，更讓他吃驚是，ＪＪ和排骨的表情竟是鬆了一口氣。

「那我練吉他的意義何在呢？」小威在心裡大聲怒吼。他好想放棄上台，轉身離開。可是，外面有那麼多觀眾在等待著，他們該怎麼辦呢？自己以後又怎麼面對同學呢？

「小鬼，你又有意見了是嗎？」金老師帶著墨鏡，小威還是感覺得到後面隱藏的凶惡眼神。「你最好是上台不會給我『凸槌』！」

小威心中的不滿眼看就要爆發。突然，他想起了田羽甄。個子小小的田羽甄，一個人抱著大提琴坐在舞台上，對著整片的海洋和海草，演奏給自己聽。他又想起以前四個人的空氣樂隊，沒有真正的樂器，也沒有技術，卻仍舊享受著演奏搖滾的快樂。那時候，心裡面不也聽見了自己演奏的音符和旋律嗎？

是的，自己的音樂，為自己演奏。

就當成是上台練膽子吧！小威糾結的內心突然透了一點光。現在離開，就真的等於認輸了。即使是「對嘴」的，自己也要用盡全力去演奏，在心裡面彈出最完美的音樂。

這仍是屬於自己的演唱會！

「沒有！」一股豁然開朗的喜悅像是小小的噴泉，從小威的嘴巴湧出，明亮的聲調反而讓金老師和經紀人嚇了一跳。

「沒有最好，因為你最難搞！」金老師竟笑了，儘管還是有些冷酷。

「我ＯＫ了！」傑西也從他自己的專屬準備室走出。打扮過的傑西，果真就活脫是一個搶眼有型的帥哥藝人。為什麼自己看著鏡中打扮過後的自己，卻是可笑得難以接受呢？

「傑西超帥啊！」ＪＪ和排骨馬上湊了過去。

「你們也很帥啊！」傑西同樣回以讚美。

「時間差不多了。再把樂器和服裝確認一次，準備上場。」經紀人提醒著。

在舞台後方，看不見台上的表演活動，只能聽見轟隆隆的音響聲和觀眾的歡呼聲。雖然昨天下午彩排的時候，有看過其他同學的話劇、相聲、扯鈴、啦啦隊表演的排練，可是不同以往參加晚會只要坐在台下盡情歡樂，甚至品頭論足的輕鬆，現在卻是整個晚上在準備室化妝、做造型、確認器材、暖身，感覺竟像是身處另一個世界，被隔離在日常的生活之外，奇怪的違和感。

或許和自己從來沒有上台表演的機會和經驗有關係吧！

突然，外場傳來震耳欲聾的歡呼聲。小威聽見主持人正以高分貝的音量炒熱氣氛：「相信各位長官、貴賓，尤其各位同學，一定都非常期待最後的壓軸演出……」

「傑西！傑西！傑西！」「呀～～～傑西！」主持人的話說到一半，馬上被熱情的粉絲尖叫聲打斷。

「好！那我們廢話不多說，馬上歡迎——」

「李——傑——西——樂團！」接著就是如雷的掌聲。

「好了！輪到你們的壓軸表演了，上吧！小鬼們！記得舞台動作！」

經紀人和金老師不斷提醒。

ＪＪ、排骨、小威背著自己的樂器，像是被硬推出去的一樣，因為他們全都腦筋空白，雙腿發軟。小威連自己怎麼到舞台上的都不知道。白亮刺眼的聚光燈，更讓小威在台上眼花花，成了一隻傻鳥。

「劉曉南！吉他王子！超帥超帥！」「排骨加油！」

「BASS型男——ＪＪ～～加油加油！」

「方學威！太酷了喔！笑一個！」「吉他之神！」

沒想到台底下除了為排骨和ＪＪ歡呼加油的聲音中，竟也混雜了給自己的打氣聲，令他大感意外。

不過，主唱傑西還沒出來，其他的加油聲馬上就被另一股聲響給淹沒。

「傑西！傑西！傑西！傑西！」全場一起瘋狂吶喊、忘情呼喚著他們的偶像。

終於，李傑西在聚光的引導下出場了，全場更是陷入一陣尖叫瘋狂。

舞台下的螢光棒更是揮個不停，燦爛繽紛。

「呀～呀～」「傑西！我愛你！」

「碰！」

就當傑西走到舞台正中央，舉起雙手之際，舞台前緣突然爆出了絢爛的煙火。心裡全無準備的小威被嚇了一大跳。

一定是經紀人刻意安排的舞台效果，讓傑西的登場將觀眾情緒帶入第一波高潮。

「各位長官、貴賓、同學好，我是李傑西。」

「呀～～！我愛你！」

從舞台音響傳出傑西的話語，多了幾分磁性，原本充滿魅力的柔美嗓音，此時更加迷人，讓小威聽了全身起雞皮疙瘩。

「這是我們樂團第一次的表演，他們都是我們學校的同學。」

「好耶！」

幾乎傑西每說一小段話，都會引發台下熱烈的情緒。這樣的氣氛讓小威看得目瞪口呆。明星的舞台魅力真不是蓋的呀！

傑西對台下比手示意，請各位觀眾讓他把話先說完。

「我們花了一整個暑假練習，就是為了要給大家最完美的演出，給大家最難忘的一個夜晚。」

「我們一共準備了兩首歌。」傑西短暫停駐，環視台下的觀眾。觀眾們屏息凝聲，期待著傑西的每句話。

突然，傑西大大提高聲量。

「這是我在十月十日即將發行的首張個人同名創作專輯的兩首主打歌，『陽光HIGHWAY』和『月光裡的守候』，希望你們會喜歡。」

「哇！太棒了！」「我要買！」「傑西！傑西！」「你好有才華！」全場再次陷入瘋狂。

首張個人創作專輯？怎麼從來沒有聽說過？小威感到十分納悶。

傑西以微笑回應台下的觀眾，又靜默了幾秒。

等觀眾的情緒稍稍緩和，他又繼續說下去。

「在表演今天的歌曲之前，我還為大家帶來一個額外的驚喜。」

「是什麼？」有個女生大喊，引來其他人哄堂大笑。

「那就是……我的堂弟，也就是今天的鼓手——李志勛！」傑西望向後方，並用手展示。

鼓手？昨天彩排的時候並沒有鼓呀？不是決定鼓的部分用預錄的伴奏

帶嗎？那現在又何必要鼓手呢？小威還注意到，舞台中央後方，真的多出一套鼓。什麼時候擺上去的？

是了，鼓手是沒辦法「對嘴」演出的，因為樂器的構造關係——鼓和鈸的聲音太響亮，沒辦法假裝。

傑西才剛說完，馬上傳來威猛的鼓聲。

仔細一看，正是李志勛的鼓獨奏。舞台兩旁的大銀幕，正以特寫播放著。

「呀！好帥！好帥！」

「李志勛！」「哇！不愧是傑西家的人！」

尖叫讚美聲此起彼落。更讓小威驚訝的倒不是志勛的登場和受歡迎，而是志勛的鼓藝是真材實料，鼓點結實有力，顯然是長期培養訓練的。

鼓聲停止，志勛站起來向觀眾揮手致意，又是一陣尖叫。

「志勛這個學期已經轉到我們學校了，下禮拜就會變成我們的同學！」傑西高聲向台下的觀眾宣佈。

「而他，也將會參與我的下一部偶劇演出，正式出道！」

「耶！好期待！」「呀～志勛！你打鼓好帥！好有才華！」觀眾的情緒已達沸騰。

在一波波的聲浪中，舞臺中央的傑西和志勛，此刻彷彿宇宙的中心，散發奪目的光芒。而在聚光燈之外的自己、JJ和排骨，卻是黯淡無光。

「好！接下來，我要演唱第一首主歌，陽光HIGHWAY！」終於要開始了，

的燈光此刻全亮起，小威握好吉他。舞台上所的成員交換眼神示意，表示準備好了。

我準備好了嗎？

小威深深吸了一口氣，提起勇氣望向台下。

他看見校長、主任、老師，還有許多不認識的「長官、貴賓」、記者，還有好多好多的同學、觀眾。照相機的閃光，像是在躁動著，讓小威更慌亂。田羽甄應該也在台下吧？

對了！水草……大海……小威依照田羽甄的聲音，想像著。

果然有點效果，刺眼的燈光，頓時幻成了海底安靜航行的潛水艇，台下的水草搖搖擺擺，夜裡的大海浪聲轟隆，卻帶來寧靜。

小威看見自己的緊張，正變成一隻小精靈，乖乖坐在吉他的琴頭上。

他深深呼吸。

我準備好了！

「志勛！」傑西呼喚鼓手。

「ONE、TWO、ONE、TWO、THERR、FOUR！」志勛高聲數拍。

「耶！」

渾厚的音樂聲從舞台兩方超過一層樓高的喇叭擴送出來，小威馬上反射性地跟上。儘管手心出汗，膝蓋也還在發抖，但當他一刷下和弦，突然才想起自己的吉他聲音被音控台關掉了，只發出空空乾乾的撥絃聲。

沒關係，那也足夠了！小威跟著音樂，依照自己平時練習的彈奏，就像在空氣樂團的時候一樣享受，雖然不是自己喜愛的流行歌，但彈奏音樂的快樂卻是真實的。

小威彈得忘我。

「你們好棒！」

當第一首歌結束時，小威才從掌聲和歡呼聲中回過神來。觀眾顯然相當捧場。

「謝謝！你們也很棒！陽光HIGHWAY！是我自己的創作曲！希望你們會喜歡！……」

當傑西正在向觀眾說話時，一位舞台工作人員從後台跑向前，在小威耳邊低語：「你們金老師說，你都沒有配合傑西做舞台動作，要你下一首歌注意一點。」

小威回過頭，看見站在舞台角落的金老師和經紀人，正垮著臉，比手畫腳的要他記得舞台動作。小威才發現，自己彈得太投入，所以根本就把他認為太做作的舞臺動作給「自然遺忘」了。

「真是的，這樣的表演一點都不誠實。」小威對金老師點頭的同時，心中一面犯嘀咕。不知道有沒有觀眾發現傑西的現場演唱其實是「對嘴」

的呢？金老師一定知道傑西的音準有問題，所以才這樣安排的吧？可是，為什麼不直接要求傑西改進，反而還讚美他呢？這就是所謂的「大牌偶像」吧？

又或許，究竟是不是現場演出，對於偶像的粉絲來說，根本一點也不重要吧。

「接下來，這首『月光裡的守候』，獻給所有支持我的朋友。」

這首歌的前段，是以簡單的分解和弦伴奏，傑西清亮的嗓音讓全場都如痴如醉地聆聽著。

小威一面彈奏著分解和弦，一面看著傑西對嘴引吭高歌、深情蹙眉的投入神情，既是佩服又是不以為然，他自己也不知道該怎麼評價這位超級偶像的行為。

這次小威記得要做舞台動作了，當傑西走向舞台右邊，他就走向排骨，與排骨背靠背，擺出高舉吉他的姿勢；當傑西走向舞台左側，則是

ＪＪ與小威面對面，彷彿在相互呼應著。

雖然小威進行這些動作時，仍然感覺相當彆扭，但台下的觀眾卻每次都發出驚呼讚嘆的聲音。

「方學威！你好帥！」

小威的心中再度百感交集，又好氣、又好笑；有不少心虛，卻更令他感到飄飄然。他感覺自己好像也變成一個偶像，而不是實力派的搖滾電吉他手。

然而，被人稱讚、崇拜的感覺，竟是如此愉快，讓人無法自拔。

「這就是我們今天晚上的演出，謝謝各位！希望你們會喜歡！」

傑西帶著所有樂手向台下一鞠躬之後，走下舞台。

表演結束，小威整個人都放鬆下來，身體感覺好輕盈。他放下電吉他，抹抹臉上的汗水，擦下了一大堆的粉底和化妝品。雖然是「對嘴」的演出，其中還是有不少讓他滿足的體驗。

當他們回到後台，ＪＪ和排骨馬上衝向小威，三個人高興得擁抱在一起。

「我們辦到了！辦到了！」排骨真的哭了，ＪＪ也紅了眼眶。小威鼻子也酸酸的。完成了一件艱鉅任務的喜悅裡，卻有些遺憾，好像臉上的粉刺一樣，每次一消除，接著又不斷冒了出來。

——好想好想，在舞台上，把真實的音樂演奏出來，傳遞給台下，那怕會彈錯，哪怕會掉拍，都還是好渴望真實的演出。

——如果還有下一次上台，一定要演奏自己喜歡的搖滾樂，還有，和真正喜歡玩樂器的同伴一起——例如大東。

「安可！安可！安可！」在後台，仍可聽見觀眾意猶未盡，高喊安可。

安可曲？小威這才想到，演唱會大多會安排一首安可曲，用以答謝觀眾的讚美。可是他們並沒有安排呀？

傑西擦著汗，轉身向著小威他們說：「謝謝你們的配合喔，接下來，換我和志勛應付就可以了。」

話一說完，傑西和志勛馬上又跑出準備室，準備登台，留下小威、ＪＪ和排骨，被硬生生晾在一旁。

「嘩～～」「傑西！」「志勛！」舞台前的尖叫歡呼聲此起彼落。

「接下來，也是我新專輯裡的歌，是和志勛一起合唱的『千年眷戀』！」

小威他們一時不知道該做什麼才好，只好開始換下舞台服裝。

金老師不知何時走到他們身邊，突然沒好氣地對著小威碎念：

「你這小鬼，第一首歌的時候你在幹嘛？」金老師的黃牙間好像要冒出煙來。「整個舞台效果都被你破壞光了，畫面能看嗎？你不動，光彈吉他，其他人的步調都被你打亂了。

「還好你只是個普通學生，其他人也不會對你有太多的要求。反正觀眾是來看傑西的！你以為你真的是吉他手啊？」

隨著越來越多出口的怒氣，金老師的言詞從責難幾乎變成謾罵。

一股深藏的怒氣從小威心底黑暗的角落竄出，幾乎就要化成猛獸從嘴巴衝出。

小威盯著金老師，咬緊牙根，緊緊握住拳頭，全身卻無法自制地因發怒而顫抖著。小威費力地控制自己。

一旁的ＪＪ和排骨見狀，趕忙拉住小威。

「小威你怎麼了，別衝動啊！」

「你這小鬼，說兩句就不高興呀？想打人嗎？」金老師一點也不怕小威，更出言挑釁。

「我們走了啦，小威。反正表演已經結束了。」ＪＪ勸著。

小威意識到自己的鼻孔噴著熱氣，他知道自己不能失控發飆，可是有個聲音卻煽動著他，要他反擊回去！反擊回去！這樣才有尊嚴！

「把東西收一收，走啦。金老師，不好意思，他平常不太發脾氣，可能是壓力太大又太累才會這樣。」排骨邊拉著小威，邊幫他緩頰。

「哼！」金老師雙手抱著胸，站著三七步，顯然並不領情。

小威的心情就像雲霄飛車一樣，從興奮、滿足，一下子朝迷惘、失落與憤怒急速飛降。他從來沒有出言頂撞過長輩——更沒有動過手。

「走吧，小威。」ＪＪ和排骨擁著他，走出準備室外。

「金老師，我們走了，再見。」排骨向金老師告別，卻沒有得到任何回應。

13. 意料之外

他們三人走出準備室。

「小威，你幹嘛那麼生氣？表演還是很成功啊！」排骨發揮他正向思考的能量安撫小威。

「沒事啦，只是覺得忙了那麼久，結果好像只是被當成跑龍套的。」

「不會啊，我覺得很過癮耶，和偶像一起上台表演，機會難得！」

ＪＪ還沉醉在演出成功的激情中，「而且我們的造型做得超炫的，一定羨慕死一堆人！」

「明天等著收粉絲的禮物和情書吧！小威，開心點！」排骨興奮地說。

「哈哈，一定會如雪片般飛來的！」小威不忍心再因為自己的情緒影響朋友的喜悅，勉強擠出笑容回應。不過，他們帶來的溫暖，也讓小威重溫舊日的友情。

「我們去找同學慶功吧！」

儘管對於音樂的態度不同，他們仍舊是自己的好朋友呀！

想到了「朋友」，小威突然想起了另外一件匆忙中遺忘的事。

剛剛下台之後，因為急著放輕鬆，只把電吉他隨手放在琴盒內，而沒有好好把上面的汗水擦拭乾淨。每次練習完，他總會仔細用棉布仔細擦拭指板、琴身，直到確認上面沒有殘留任何的汙垢水氣。夕陽漸層色的列斯波電吉他，已經是他重要的夥伴了。

雖然回去會有碰到金老師的可能，但之後或許再也沒有機會遇見那把電吉他了。小威心想，還是應該要善盡身為一個「朋友」的責任，也再看這把吉他最後一眼，算是告別吧。

「你們先去，等一下我就過去，我還有事情要處理一下。」

「喔，好吧！那等一下見喔！」

和ＪＪ、排骨道別後，小威硬著頭皮折回準備室，心裡苦惱著，若是遇上金老師該用什麼表情面對。

正當他要進門時，卻聽見幾個人說話的喧鬧聲從微微開啟的門縫傳了出來。他下意識停下腳步，站在門後不動；那些人似乎以為大家都離開了，肆無忌憚的聊著。

「那幾個小鬼，還真以為自己變成明星了咧！」聽起來像是金老師的聲音。

別人說話，照理不應該偷聽的，可是，他們似乎在背地批評自己和朋友，讓小威不由得豎耳傾聽。

接著說話的是傑西的經紀人：「真是笑死人了。誰想找這種小鬼表演？還要訓練他們，浪費我時間。要不是校長指定傑西要找學校的同學合演，說什麼現在樂團正流行，這樣才符合學校活動的精神，我早就請外面的職業樂手了，不然就讓傑西自己一個人獨秀也好！不訓練一下，上台能看嗎？能搭上傑西的水準嗎？」

「不過我也很厲害啦，剛好利用這個機會，找來媒體宣傳，順便把志勛轉學過來，一起造勢，他的爵士鼓才藝也拿來發揮一下。新人、新歌加上新戲都宣傳到了，也算是一舉數得啦。」

小威在門外聽得頭昏腦脹，渾身一陣冷一陣熱，不知道自己該生氣還是難過。但，更令他震撼的還在後面。

「唉喲，說真的，讓我自己上台還輕鬆一點，以後不要再接這種校內的活動了，還要跟那幾個草包練習，浪費我不少時間耶。」傑西以帶著哀嚎的嗓音抱怨著。

小威真不敢相信自己的耳朵。平時彬彬有禮的傑西，竟然會說出這樣的話。

「那幾個傢伙，還以為他們在演『海角七號』呀？隨便練一練湊一湊會變成樂團嗎？尤其是那個叫方學威的，也不知道在踐個什麼勁，也不過就會點皮毛。看到我家的電吉他，口水都快流出來了。」

眼眶很不爭氣地濕了，小威不自覺地握緊拳頭，全身顫抖。

「不錯了啦，起碼他們夠呆，要是找幾個音樂科班出身的，搞不好更龜毛。來甄選那幾個彈鋼琴、拉大提琴的，看起來嚴肅又自以為是，我可受不了。那幾個小鬼至少放得開，敢做舞台動作，身材也還OK，搭在傑西旁邊還可以看，叫他們跟著音樂假裝一下，也裝得有模有樣，哈哈哈！」金老師繼續說。

「噢，為了搞這一去ㄨㄚ，花了公司不少錢請老師、還給他們做造型，效果才勉強OK。是說剛好，我把志勛轉來學校，一起趁機宣傳造勢，話題性也夠。也剛好補他們原來那個叫大東的小胖子的位子，素質才整齊些，勉強算是美少年樂團啦。」經紀人說。

「別把我和傑西跟他們幾個混為一談好不好！」李志勛笑著反駁，「水準被他們拉低很多耶！」

「歹勢歹勢啦！」

「哈哈哈！」

聽了志勛和經紀人之間的對話，房裡幾個人都大笑起來。

小威再也聽不下去了，艱難地轉身，黯然的離開。

原來竟是這麼一回事。大東沒被選上，純粹是因為大東的身材；而他們三個被選上，只不過因為他們不懂樂器的無知，以及方便擺佈而已。

而這一切，都和搖滾樂的精神無關。

他靜靜地避開人群，遊魂似的走回家。

「怎麼啦？表演不順利嗎？」見了小威頹喪落寞的神情，媽媽不免有些擔心。

「沒有啦，只是累了。」

「嗯，那就好好休息哇！我準備了宵夜，你吃一點吧？肚子餓了吧？」

聽見媽媽溫柔的聲音，小威的委屈融化成眼淚。

「唉呦，傻孩子，發生什麼事了？要不要跟媽媽說說看？」知道自己兒子一向倔強，從不輕易表露自己的脆弱，一定發生了很嚴重的事。

小威只是搖搖頭，把眼淚擦乾。他不想讓媽媽操心。

「媽，我沒事，可能是表演結束有點累，不過不會比您累啦！」小威對媽媽露出一個笑容，「您先去洗澡休息吧，我吃完會收拾乾淨的。」

「嗯。那你慢慢吃，我去洗澡了。」善體人意的媽媽決定給小威一點時間去消化自己的情緒。

吃過宵夜，回到房間裡，小威望見了放在床邊的木吉他——這是他現在僅有的吉他了。

他隨手拿起吉他，倚在床上錚錚地彈了起來。還有這個好朋友不是嗎？還好媽媽送我這把吉他。他的吉他能夠進步，其實幾乎都是靠著這把木吉他練習的。

越是樸實無華的朋友，越是能熨貼自己的心，卻也好像最容易被忽略。

他不由得又想起今天晚上傑西一群人所說的話。這些惡毒的真相在小威的腦筋裡橫衝直撞，發出可怕的噪音，轟隆隆地交互撞擊迴響。

「小威！有你的電話，是田羽甄！」媽媽輕輕敲著門，顯然已經把無線話筒拿上來了。

小威拉回思緒，從床上躍起。

「媽，謝謝！」

開了門，接過話機，小威沒注意到自己原本意興闌珊的心跳，一下子又熱烈跳動起來。

「哈囉，小威同學，是我，田羽甄啦！」田羽甄活潑的語調，為小威鬱悶的心房，注入了清新的空氣。

「哈囉。」小威突然害羞起來。

「你不會已經睡了吧！大明星！」田羽甄咯咯笑了起來。「今天晚上

的表演很精采！」

「……會嗎！」想起金老師的批評，小威有點心虛。

「唉呦，幹嘛這麼謙虛啊，你的台風很穩健啊！尤其第一首的時候，看你彈得很投入，ㄟ……滿帥的喔！哈哈！」

聽見田羽甄的讚美，小威稍稍高興了一下，然後又像麻糬一樣縮回原狀糊成一團。

「其實…今天的表演……」小威很想找人傾吐心事，卻吞吞吐吐說不出口。

「你是指『對嘴』表演嗎？」田羽甄若無其事地說出口，倒讓小威嚇了一大跳。

「妳一下就看出來啦？」

「是啊，因為我學過樂器，所以不難看出來。不過，主要是ＪＪ和排骨露出破綻啦，他們的技巧看起來還滿生澀的。」

「真丟臉。」

「我不覺得耶。」

「不會嗎？」

「舞台的效果真的滿好的，大家也都看得很高興，因為難得可以看到這麼大的排場，和演唱會差不了多少耶！」

「那是因為傑西的經紀公司出資支持偶像藝人，後來才知道，我們只是被找去『當道具』的。」

「哈哈，本來我們的偶像文化很多就是『對嘴文化』啊！這是大家都知道的事情。傑西的經紀人一定是想保護傑西的形象，所以不擇手段。」

「可是，真正的搖滾樂手，本來就是要現場演出的呀！這樣的假表演，很……很……」越說情緒越激動的小威，一時找不到適當的字眼來表達感受。

「但是…我看得出來你是真的很努力在彈吉他喔！投入的神情很令我

感動。」田羽甄的語氣十分真誠，像一股暖流流過小威的心。

「你已經很有搖滾精神啦，我很佩服你，你才練習幾個月的吉他，就敢上台表演，而且沒有因為是假表演，就敷衍應付；你用你自己的方式去奮鬥，克服了音樂的阻礙，這就很搖滾啦！」

「你是今天晚上舞台上，唯一、也是真正的ROCKER（搖滾樂手）喔！」

田羽甄這一席話，讓小威如鋼絲一般糾結的矛盾情緒，瞬間軟化、消失了。自己明明知道這場表演原來就不是真實的搖滾演唱會，而且每個人看待音樂的角度也不相同，偏偏又往死胡同裡鑽；這樣一來，他對搖滾樂熱情的初衷不是被自己的鑽牛角尖所打敗了？

田羽甄說自己是一個「真正的搖滾樂手」，對小威而言，更是最最重要的肯定。

「哈哈，妳真的很會安慰人啊。」

「你少拍馬屁了。」田羽甄還是一貫的直率。「我安慰你是有條件的，既然你說我安慰你了，你不答應也不行。」

小威經常被田羽甄的鬼靈精怪整得哭笑不得，當下有了提防。

「妳……妳到底想幹嘛？」

「噗，你很擔心吧，怕我會陷害你嗎？」田羽甄沒直接回答小威的問題，「那就是……」

還在賣關子，小威真的緊張起來了。

「和我組團。」

「什麼？」田羽甄的回答，大出小威的意料之外。他懷疑自己的耳朵是不是聽錯了。

「你・是・我・的・吉・他・手，OK？」

「妳要組樂團？和我？」

「你是外國人嗎？還是要我用英文或日文再說一遍？」

「不⋯不用了，只是我沒想到妳會這樣說。」

「可是，吉他和大提琴可以搭配嗎？只有兩個人的樂團，效果會不會太單薄啊？」

「呵，那你是答應囉！其他的事你就別擔心了。」

「什麼意思？」

「就是別擔心啊？要用英文或日文再說一遍也行。」

「吼！敗給妳了！」

「好啦，我要睡覺了，明天再跟你說。掰掰。」

「喂！田羽甄？喂？」

話筒那頭傳來空洞的嘟嘟聲，顯然田羽甄已經掛斷電話了，留下話筒這頭如墜五里霧的小威。

算了！多想也沒用，明天就知道這個田大小姐到底在賣什麼關子。

真是一個五味雜陳的奇妙夜晚。

不過，結束得還不賴。

「真正的ROCKER喔！」

田羽甄這句話，在小威的房間、心裡，像一朵棉花糖做成的雲，飄過來，盪過去。

小威一頭撲上床鋪，把臉埋進他的大枕頭裡，笑了。

「真正的ROCKER喔！」

14. 真正的ROCKER

隔天禮拜六，小威醒來時已經超過九點了。

他急急忙忙跑下樓。

媽媽在餐桌上留下早餐和一張紙條。

紙條上寫著：

小威：

知道你昨天很疲勞，早上就沒叫你起床。桌上的粥和菜如果涼了就自己熱一下吧！

PS.田羽甄早上來過電話，說有事找你，你記得回撥給她喔！

媽媽

什麼？田羽甄已經來過電話了？未免也太早了吧！

小威連忙拿來話機，撥給田羽甄。

「您好！我是方學威，請問田羽甄在家嗎？」

「ㄏㄡˋ！睡到這麼晚啊？」顯然接電話的人，正是田羽甄。「你吃早餐了沒？一定還沒！先吃飽再打給我。掰掰。」

「喂？」

電話又被掛斷了。

真奇怪，她是怎麼猜到我還沒吃早餐的？

這時候，小威的肚子發出一陣激烈的抗議聲，他才發現自己肚子餓了。

他狼吞虎嚥將冷稀飯配著菜扒下肚，仍覺得美味極了！沒有任何食物比得上媽媽煮的飯。

不到十分鐘，小威就把桌上的食物一掃而空。

匆匆忙忙收拾好桌子，他又撥了通電話給田羽甄。

「喂，您好，我是方……」

「你還沒刷牙吧？好髒哩！趕快先去刷牙再打給我。掰掰。」

「喂！」不用說，又掛斷了。

難道田羽甄有超能力？莫名其妙的小威只得趕快去刷牙。不只刷牙，還洗了臉、梳了頭，連衣服都換好，就怕又被田羽甄逮到把柄。

小威在鏡子裡，把自己從頭到腳審視了一遍，確認一切就緒後，才伸手要拿起電話，電話突然「鈴～」地響起，嚇了小威好大一跳。

「方學威！我是田羽甄，你好了沒？我在門口。」

哇！沒想到田羽甄已經到了門口！小威頓時手忙腳亂，趕緊放下話筒，衝到門口。

打開門，只見田羽甄牽著腳踏車，右手拿著手機，站在他家門前馬路上，臉上閃爍著慧黠的神色。

「妳…妳也太神奇了吧？」小威上氣不接下氣地說。

「廢話少說。趕快去拿你的吉他，我們要遲到了。」田羽甄儼然是個女司令官，斬釘截鐵地下達指令。

「出發？遲到？拿吉他，要去哪兒？」小威仍是「霧煞煞」。

「嘿，就跟你說要遲到了。快點，不然我不等你囉！」

小威只得快步跑上樓，把木吉他裝進背袋，又匆匆回到樓下。

「走囉！」不等小威騎上車，田羽甄兀自向前騎去。

騎著騎著，來到了一座公園內，田羽甄才放慢車速；然後，在一座熱鬧的廣場前，田羽甄突然跳下車，害得小威連忙扣緊剎車，差一點沒撞上欄杆。

廣場上相當熱鬧，充滿人群和活力。由於假日的緣故，廣場上的假日市集有許多活動。

不少攤位上，販賣著店家自己手工設計、製作的T恤或藝品。除此之外，更有不少街頭藝人的表演，有默劇、舞蹈、魔術，甚至還有武術表演。最引起小威注意的，還有一些音樂性的演出。有古典樂器，更有熱門樂團，看得小威的眼睛都發亮起來。

小威背起吉他，一個箭步走到田羽甄身邊。

「田羽甄，我們來這裡幹嘛？看表演嗎？」

田羽甄對著小威眨了眨眼睛，說：「是也不是！」

「快點告訴我嘛！」小威簡直要被心中的疑問給逼瘋了。然而田羽甄卻只是自顧自地往前走。

他們穿過廣場，逐漸遠離人群。

就在小威快要耐不住性子時，突然間，有人從背後拍了他一下。

「小威！」

這聲音……好熟悉！

是……大東！一意識到聲音的主人是誰，小威第一時間轉過身去，那張令人安心的圓臉就在那兒衝著他笑。

「大東？你…你怎麼會在這裡？」小威又驚又喜。

大東和田羽甄交換了一個眼神，兩人面露詭異的微笑，小威大概猜到

幾分了。

「田羽甄，是妳嗎？」

「你們兩個不打算擁抱一下嗎？」田羽甄果真不放過任何可以整小威的機會。

小威尷尬地看著大東，大東也顯得很不好意思。

大東變了許多。才幾個月不見，大東更高大了，身材變得挺結實，比較像是猛男，而不太能稱為「胖」了。

「大東，你最近還好嗎？」

「嗯，你呢？」

「還……還可以。」

「吼！你們兩個大男生是怎樣，又不是在談戀愛。」田羽甄翻了個白眼。「大東一直很關心你呢，昨天晚上還去看了你的表演！」

大東難為情地搔搔頭，說：「小威，你真的會彈吉他了耶，好厲害。」

「沒有啦，還是只懂皮毛而已。」小威謙虛地說。「那時候樂團甄選，我很沒義氣，應該跟你同進退的，可是我貪心，只顧著自己想玩樂團、彈吉他，所以……也一直不敢面對你，不敢跟你聯絡，連你轉學我都不知道……」

原本一直不敢說出口的抱歉，現在卻情不自禁，像是洩洪的水庫般，無法抑止。

「沒……沒關係啦，我自己也不對。一開始我的確滿生氣的，可是，我也不想因為我沒被選上，就讓你們失去難得的機會。畢竟是用真正的樂器演奏耶，而且還是跟李傑西組團。」大東說。「只是我也很自卑，因為我一直覺得是因為我太胖了，看起來很笨拙，所以沒被選上。想到以後你就會在樂團彈吉他，我卻什麼都不會，就更自卑，不敢和你聯絡了。前一陣子因為我老爸生意出了些問題，所以搬到郊區去了，只好轉學，可是我還是提不起勇氣……」大東靦腆地說。

「對了！」大東像是突然想到什麼。「昨天晚會，你們站在舞台上，加上那個李志勛，看起來真的好像偶像樂團喔！挺帥的耶！」

大東真誠的讚美，卻令小威想起傑西他們惡毒的批評，他更不忍心告訴大東這些內情了。相對於大東的單純善良，傑西他們更顯得複雜可怕。

「唉喲，別提了，就這場表演而已，傑西他們已經不會再跟我們玩樂團了。」

「咦？為什麼？」大東毫無心機問著，絲毫不察小威心中的紛亂。

「說來話長啊。」小威語帶感慨，肩膀也跟著頹喪的下垂。

「好了好了，你們哥倆好，現在誤會全都解開了，該談正事囉。」田羽甄真怕兩個大男生當場痛哭流涕起來，自己就更尷尬了，連忙岔開話題。

「大東，你自己告訴小威吧！」

「嗯，先讓你看一樣東西。」小威這才發現，大東身旁提著一個黑色的方形提袋，大概有一個小雙層櫃大小。

大東興奮地拉開袋子的拉鍊，拿出一個木箱子般的東西，背面的正中央還挖了個圓孔。

「這是什麼？椅子嗎？」

大東臉上露出憨直得意的微笑。

「這叫『木箱鼓』*喔！我自己做的。」大東眼中散發著光彩。「我打給你看！」

小威在一旁驚訝地看著大東就坐在這個奇特的木箱子上，開始在箱子前方的面板上打擊起來。

「碰、碰、嚓、砰砰、嚓！」一陣陣有力的鼓聲隨著大東俐落的身手朝小威奔騰而來。雖不像爵士鼓組一樣威猛狂放，卻是一種更質樸原始、更純粹的音色。

「大東……你……」小威不可置信地看著眼前這一幕，既驚奇又佩服。

「嘿嘿，還不錯吧！」大東臉上盡是笑容。

「什麼不錯，」小威激動地大

喊，「簡直棒呆了！」

「你是什麼時候練會這個的？」

「因為……我一想到你以後變成電吉他手，我就跟你有很大的距離了……」大東低著頭，像是在回憶。「我也喜歡打鼓，也希望能夠和你一樣變成真正的樂手……」

「當然，我家是不可能買爵士鼓給我的，學鼓的費用也不便宜。所以……我找了好久，才找到替代的方法——就是木箱鼓！你知道，我爸爸是木匠，所以，我一面當他的學徒，一面替自己釘了這個木箱鼓。」

「因為網路上有很多教學影片，我就看著練習，一個暑假下來，效果還不錯吧！」

大東自己越說越不好意思，臉頰都紅了，卻仍難掩自豪。

大東的確應該感到自豪！小威心裡佩服得五體投地。實在太帥氣了，這才是真正的搖滾精神！就在自己因傑西名貴的電吉他而虛榮、有了自己的木吉他還不知道感恩時，大東卻用更辛苦、更踏實的方式學會了樂器。

「不過，總有一天，我還是要存錢學習真正的爵士鼓啦！哈哈！」

聽著大東的話，小威忍不住擁抱了大東。

「大東，你真的很ROCK！」

大東勾住小威的脖子，激動地說：「田羽甄才真的很ROCK！她來找我，勸我來跟你見面，而且，還約我們一起組團！」

組團！原來是這麼一回事！難怪田羽甄要他帶吉他來。

小威望著田羽甄，想著她為自己做的一切，心中充滿感謝。

「田羽甄，妳真的很ROCK！」

「你少來啦！」田羽甄的臉上浮現不好意思的紅暈，「我，可是為了組團才這麼費盡苦心的，我其實很自私啦！」

話雖然這麼說，但小威知道，田羽甄溫柔的用心。

「好啦，廢話不多說，來練習吧！」

「練習？那妳的大提琴呢？」小威沒看見田羽甄帶來任何樂器。

「呵，誰說我今天要拉大提琴？」田羽甄微微揚起下頷，「我今天要當主唱！」

呀！對呀，吉他、鼓，加上主唱，就已經是一個樂團了！

「我的歌聲可是比李傑西有感情多囉！而且，我已經說服我老爸，只要我的大提琴和學業成績都能保持水準，我還可以多學習彈BASS，過一陣子我就會有一把木BASS，可以當主唱兼任BASS手啦！」

平時的課業，加上繁重的大提琴練習和比賽，已經讓人喘不過氣；田羽甄為了玩搖滾樂團，彈奏BASS，竟然和自己的父親談這樣的條件，無疑是讓自己背負更大的壓力，但，也展現了田羽甄對於搖滾樂團的熱情！

的確，比起自己，無論是大東或是田羽甄，他們對樂器和音樂的投入及付出，都遠遠超乎自己。他們所展現的精神，比自己更「搖滾」。

「先說好，我們的目標是要通過街頭藝人的證照考試！所以，我們要趕快加緊練團！」田羽甄手扠著腰，驕傲地宣佈。

街頭藝人！小威的心悸動著。

如此一來，隨處都是練團室，到處都是舞台。

田羽甄的點子，實在酷斃了。小威想到自己平常總是關在家裡聽音樂、上網、練吉他，根本就像個「阿宅」一樣，完全沒有想過還有更多的可能就在外頭等著他。

「太棒了！」小威高舉自己的吉他，高聲吶喊。

「你先別太興奮啊！我說的樂團可不只是彈彈口水歌和老歌而已，而是要成為一個創作樂團，唱自己寫的歌！」田羽甄的話，並沒有澆熄他的熱情，反而讓他心頭更加發熱起來。

「誰怕妳，我也是以創作樂團為目標！我會寫出超棒的歌給妳唱的，妳等著吧！」頭一次，小威敢在田羽甄面前發下豪語。只有對音樂的熱情與態度，他不想輸給任何人。

「好啊。我等著。」田羽甄笑得好燦爛。

接著，他們迫不及待地展開他們的第一次練團。

在田羽甄的指點下，小威很快就能夠彈奏出披頭四的「Hey Jude」，因為，只比國際四和弦多了一些變化而已，他開心極了！

而田羽甄一開口，更令小威和大東懾服。因為她不只大提琴拉得好，歌聲更是感情豐沛，充滿磁性，活脫脫就是一個出色的搖滾女主唱！

隨著音樂的流動，在大東的節奏聲、自己手上的吉他聲、還有田羽甄的歌聲中，這段日子以來的快樂、興奮、挫折、激動、失望、淚水、感動……全都融進了音樂裡；奇妙的是，那些不愉快的經驗，現在彷彿一點也不重要了，而是變成通過考驗的印記；這些考驗就像小路上的泥淖，跨過了，就更靠近自己的理想。他有了自己的吉他、自己的夥伴、自己的音樂。一切的一切，都值得且珍貴。

這，才是真正的樂團！

後來，他們決定推選田羽甄做為樂團的團長（這是理所當然！）；樂團的名稱，則取名為——「Air（空氣）樂團」，不僅紀念他們樂團成立的起點，也隱喻了音樂對他們的重要性，就像空氣一樣，在他們的生活裡，無處不在。

附錄：樂團小辭典

樂　團

一個樂團至少要有兩位以上的成員，但大多以三人以上的編制較為常見。典型的搖滾樂團會有一名主唱、一名主奏吉他手、一名節奏吉他手、一名低音吉他（BASS貝斯）手，一名鼓手，有些還會加上一名電子鍵盤手。

電吉他

基本構造與一般木吉他相同，有六條弦，音域也相同。而與木吉他構造不同之處，主要在於電吉他的琴身沒有空心的共鳴箱，但安裝有拾音器，利用拾音器內的磁鐵感應琴弦的震動產生電流來發聲，因此稱為電吉他。但因為聲音很小，需要再透過外接的電路線材（導線）將拾音器產生的琴弦聲連接到擴大喇叭（也就是音箱）進行放大，才能夠有足夠的音量。

主奏吉他與節奏吉他

節奏吉他主要彈奏音樂的和弦，鋪陳音樂的整體感覺；主奏吉他則需要在某些段落進行旋律的演奏，彷彿是用吉他唱歌一樣。通常在舞台上，主奏吉他手會比節奏吉他手更搶眼，但並不代表主奏吉他手的重要性高過節奏吉他手。

貝斯

正確的全名應該稱作低音吉他（BASS GUITAR），簡稱BASS（貝斯）。貝斯的音域比電吉他低一個八度，因此聽起來很低沉，用來鋪陳和弦的最低音；大部分的時候每次只彈一個單音，目的在於穩定音樂的基礎。最普遍的貝斯為四條弦的結構，但也有五弦、六弦的型態。一般搖滾樂團常用的是電貝斯，原理和電吉他完全相同。

爵士鼓

爵士鼓在英文的原意應該是指「鼓組」，主要由大鼓、小鼓、銅鈸組成，其他還有音高不同、用來點綴節奏的中音鼓、落地鼓等。鼓手除了雙手持鼓棒敲擊節奏外，還需用一隻腳踩踏板來敲擊大鼓，另一隻腳則要控制兩片一組的開合鈸，因此需要坐在椅子上。

練團室

樂團集體練習的地方，又稱團練室。練團室通常固定放置了音箱、爵士鼓等較不容易搬運的設備。樂手各自練習後，最後會集合在練團室裡一起作完整的練習，同時也藉此培養默契。

和弦

由兩個以上不同的音符所組成的聲音單位。不同的和弦會有不同的感覺，可以表達輕鬆、和諧、壯闊、緊張、詭異等各種情緒，是除了旋律以外構成樂曲的重要元素。

國際四和弦

由於是構成許多歌曲的和弦，吉他初學者通常最先學習這四種簡單的和弦，因此被戲稱為「國際四和弦」；分別為C、Am、Dm、G或G7。

披頭四

英國知名搖滾樂團，一九六〇年成立於利物浦，於一九七〇年解散。成員為約翰・藍儂（主唱、節奏吉他）、保羅・麥卡尼（第二主唱、貝斯）、喬治・哈里森（主奏吉他）、林哥・史達（鼓手）。他們許多歌曲成為現代搖滾樂的經典，影響後世搖滾世界深遠，被認為是流行樂團史上，最成功、最偉大的樂團。Hey Jude是他們的冠軍歌曲之一，歌詞鼓勵人們克服挫折恐懼、勇敢面對現實，激勵人心。

木箱鼓

源自於南美洲祕魯的打擊樂器。木箱鼓源於工人以一般裝貨物的木箱來做為打擊樂器。樂手坐在箱子上方，用手拍打前方的木板來製造節奏，後來逐漸演變成一種樂器種類，現今的木箱鼓為六面箱體，打擊面以較薄的木材製成，後方則有一個圓形音孔；箱子內部，也就是打擊面的內側，會裝上尼龍或鋼弦，甚至小鼓的響線，來製造類似小鼓清脆的音色。隨著拍打木箱各個不同的位置，可以製造出類似爵士鼓組的效果，彷彿一個小型鼓組，加上容易攜帶，因此深受許多打擊樂手喜愛。

九歌少兒書房 222

空氣搖滾

著者　王宇清
繪者　陳沛珛
責任編輯　鍾欣純
發行人　蔡文甫
出版發行　九歌出版社有限公司
台北市105八德路3段12巷57弄40號
電話／02-25776564・傳真／02-25789205
郵政劃撥／0112295-1
九歌文學網　www.chiuko.com.tw
印刷　晨捷印製股份有限公司
法律顧問　龍躍天律師・蕭雄淋律師・董安丹律師
初版　2012（民國101）年11月
定價　**260元**

書號　0170217
ISBN　978-957-444-850-0
（缺頁、破損或裝訂錯誤，請寄回本公司更換）

國家圖書館出版品預行編目資料

空氣搖滾 / 王宇清著 ; 陳沛珛圖. -- 初版.
-- 臺北市 : 九歌, 民101.11
面 ;　公分. -- (九歌少兒書房 ; 222)
ISBN 978-957-444-850-0(平裝)

859.6　　101018940